郑李平词集

郑李平 / 著　ZHENGLIPINGCIJI

哈尔滨出版社
HARBIN PUBLISHING HOUSE

图书在版编目（CIP）数据

郑李平词集 / 郑李平著. —— 哈尔滨：哈尔滨出版社，2022.10
 ISBN 978-7-5484-6609-3

Ⅰ. ①郑… Ⅱ. ①郑… Ⅲ. ①词（文学）—作品集—中国—当代 Ⅳ. ① I227.8

中国版本图书馆 CIP 数据核字（2022）第 133125 号

书　　名：郑李平词集
ZHENGLIPING CIJI

作　　者：郑李平　著
责任编辑：韩金华
封面设计：树上微出版

出版发行：哈尔滨出版社（Harbin Publishing House）
社　　址：哈尔滨市香坊区泰山路 82-9 号　　邮编：150090
经　　销：全国新华书店
印　　刷：武汉市籍缘印刷厂
网　　址：www.hrbcbs.com
E-mail：hrbcbs@yeah.net
编辑版权热线：（0451）87900271　87900272
销售热线：（0451）87900202　87900203

开　　本：880mm×1230mm　1/32　　印张：7.25　　字数：135 千字
版　　次：2022 年 10 月第 1 版
印　　次：2022 年 10 月第 1 次印刷
书　　号：ISBN 978-7-5484-6609-3
定　　价：68.00 元

凡购本社图书发现印装错误，请与本社印制部联系调换。
服务热线：（0451）87900279

前 言

词是中国古代文学皇冠上光辉夺目的一颗巨钻，在传统文学的阆苑里，它是一座芬芳绚丽的园圃。以姹紫嫣红、千姿百态的神韵独树一帜。

词是一种取材广泛、笔法灵活、篇幅短小、情文并茂、境界极高的传统文学样式。

作者善于在生活中取材，并付诸感情，用心观察，及时把所见所思加以整理，就创作了一首词。

词是一种抒情、记事的载体。时代在不断地变化，与时俱进，记载时代发展成果的字符也在跟进。一九六四年十月十六日下午三时，我国第一颗原子弹在新疆罗布泊成功发射；一九九七年七月一日香港回归；一九九九年十二月二十日澳门回归；二〇〇三年十月十五日神舟五号飞船首次进入太空；二〇一二年六月"蛟龙号"载人潜水器在马里亚纳海沟深潜七千零六十二米；中华民族伟大复兴的中国梦；全面建成了小康社会；制造业总量位居世界第一；经济总量位居世界第二……这些标志性的成果，我们可以词的形式记录传承留给后世。

词与诗、曲并列,有独立的文学地位,或豪放,或婉约;或叙事,或抒情。既有"昨夜西风凋碧树。独上高楼,望尽天涯路""衣带渐宽终不悔,为伊消得人憔悴""众里寻他千百度,蓦然回首,那人却在灯火阑珊处"的三重境界,也要有天赋,还要有毕生积累。

词中既要有生动的形象,又要有严密的逻辑,让人一见倾心,一定要有闪烁其间的"亮点"、浓郁的书卷气息,还要高扬人文精神,诗情画意飘逸,哲理光芒闪烁,具有充沛的情感、丰厚的底蕴。由于作者水平有限,书中难免存在疏漏与不足之处。希望读者多多赐教。

目 录
CONTENTS

满江红·伟大的中华民族从站起来、富起来到强起来 ...1
画堂春·江浙 3
红窗月·十年树 4
秋千索·十年语 5
阮郎归·相猜 6
满江红·抗美援朝 7
清平乐·天柱山 8
山花子·姑娘 9
虞美人·十年天 10
浪淘沙·梧桐 11
采桑子·小桥 12
长相思·昔人 13
虞美人·十年心 14
如梦令·晨雨 15
浣溪沙·又一年 16
采桑子·外祖 17
点绛唇·郊乡 18
菩萨蛮·高山 19
鹧鸪天·离别 20
长相思·相思 21
红窗月·镇静 22

· I ·

南歌子·抗日	23
如梦令·圆梦	24
南歌子·拉钩	25
忆江南·此晨	26
望江南·会期	27
清平乐·昆山	28
清平乐·昆山	29
沁园春·金秋	30
山花子·菊花	32
沁园春·怎忘	33
长相思·北浴	35
长相思·新路	36
清平乐·月圆	37
摸鱼儿·学问	38
虞美人·乡音	40
山花子·梅花	41
蝶恋花·亲吻	42
江城子·第二故乡	43
西江月·花亭湖	44
点绛唇·绿岛花园	45
望海潮·故国风雨	46
点绛唇·息园	48
蝶恋花·燕归花谢	49
如梦令·小菊	50
减字木兰花·金秋	51
望海潮·改革风雨	52
浣溪沙·十年间	54

南乡子·梧桐……55
沁园春·宜城……56
菩萨蛮·昆山……58
浣溪沙·昆山……59
满庭芳·江南……60
天仙子·二月……62
菩萨蛮·小菊……63
满江红·蜡烛……64
菩萨蛮·天梦……66
南歌子·十年挥……67
南歌子·藏珍……68
南歌子·屏珍……69
采桑子·茫茫……70
浣溪沙·深秋赢……71
蝶恋花·叶叶……72
一斛珠·春燕……73
浣溪沙·乡下……74
华清引·杏花……75
临江仙·雪夜梅开……76
山花子·小娘……77
减字木兰花·琼花……78
行香子·初涉江南……79
行香子·二涉江南……80
江神子·花亭湖雨景……81
菩萨蛮·理发……82
荷叶媚·荷花……83
江神子·艳秋……84

瑞鹧鸪·村姑	85
昭君怨·梧桐	86
昭君怨·梧桐	87
少年游·菊花	88
少年游·小河	89
卜算子·生花	90
卜算子·老已	91
卜算子·珍惜	92
醉落魄·进城	93
卜算子·姑苏新梦	94
清平乐·大国	95
减字木兰花·秋鸿	96
蝶恋花·红雨	97
南柯子·天府千山远	98
诉衷情·心愿	99
醉落魄·茫茫	100
醉落魄·姑苏	101
江神子·娇容	102
鹊桥仙·娇雨	103
南乡子·妇人	104
诉衷情·小菊	105
卜算子·琼花	106
渔家傲·十年尽	107
南乡子·玫瑰	108
南乡子·小菊	109
劝金船·节操	110
醉落魄·时节	111

思帝乡·三秋	112
定风波·春深	113
永遇乐·一记	114
何满子·含情	116
浪淘沙·黄泥塝	117
一丛花·思乡	118
殢人娇·归路	119
望江南·恋眷	120
望江南·灯火	121
满江红·十年今	122
临江仙·超然	123
画堂春·花亭湖	124
阳关曲·琼花	125
阳关曲·三元	126
蝶恋花·菊香	127
洞仙歌·村姑	128
千秋岁·燕子	129
蝶恋花·夜景	130
瑶池燕·春怨	131
南歌子·中秋	132
蝶恋花·夜景	133
生查子·花亭湖临眺	134
定风波·春晚	135
长相思·文博园	136
蝶恋花·夜景	137
鬓云松令·幽香	138
荷叶杯·绵绵	139

落花时·消息	140
浣溪沙·套口	141
浣溪沙·旅游	142
清平乐·芒花	143
红窗月·精明	144
如梦令·吆喝	145
菩萨蛮·孤雁	146
虞美人·十年春	147
西江月·情怀	148
虞美人·十年隔	149
寻芳草·元夜	150
浣溪沙·雪梅	151
忆王孙·学妹	152
忆王孙·初恋	153
一络索·宜城	154
清平乐·弥陀	155
红窗月·界岭	156
清平乐·白洋	157
红窗月·淡定	158
南乡子·一段	159
青衫湿遍·桂花	160
于中好·老身	162
临江仙·听听	163
菩萨蛮·秋雨	164
菩萨蛮·三十年前后	165
虞美人·十年别	166
木兰花令·十年湾	167

于中好·十年剩	168
浣溪沙·不甘心	169
生查子·四十年	170
浪淘沙·村庄	171
忆秦娥·改革	172
浣溪沙·古城	173
天仙子·当年桥	174
浣溪沙·当头	175
浣溪沙·玉梦	176
减字木兰花·束拘	177
南乡子·姑苏	178
阮郎归·向民心	179
浣溪沙·八十初见孙	180
临江仙·上海	181
蝶恋花·西湖	182
忆江南·昆山	183
长相思·寒山寺	184
清平乐·二乡	185
浪淘沙·花亭湖	186
卜算子·太湖风光	187
行香子·三涉江南	188
一斛珠·锦溪	189
一斛珠·千灯	190
一斛珠·周庄	191
一斛珠·谢师词	192
忆江南·昆山高新区文体中心广场中秋夜景	193
虞美人·回肠中	194

虞美人·谁风流……………………195
诉衷情·断人肠……………………196
忆江南·中秋………………………197
画堂春·守情………………………198
画堂春·禁果村……………………199
画堂春·桃源村……………………200
卜算子·东湖西湖…………………201
一斛珠·庆祝中国共产党百年华诞……202
一斛珠·抗美援朝…………………203
鬓云松令·沙家浜…………………204
桂殿秋·相逢………………………205
菩萨蛮·天台女……………………206
菩萨蛮·河雾………………………207
忆秦娥·世界祥和…………………208
浣溪沙·小庄………………………209
醉花阴·立足………………………210
忆秦娥·娄山关……………………211
南柯子·一起………………………212
采桑子·十年隔……………………213
忆王孙·小菊………………………214
咏梅…………………………………215
天下第一对…………………………215

满江红·伟大的中华民族从站起来、富起来到强起来

　　建国宣示，站起来，屹立东方。从此后，中华民族，无畏列强。成功发射原子弹，收回香港与澳门。三中会，改革并开放，发展上。

　　富起来，强起来，揽九天，下五洋。党更钢，一流国家国防。世界舞台共同体，五星红旗插中央。百年梦，雄风大国，二总量。

【题解】

　　众所周知，我们伟大的开国领袖毛泽东同志一九四九年十月一日在北京天安门城楼上以洪亮、高昂、浓重的湖南口音向全世界庄严宣告：中华人民共和国成立了，从此中国人民站起来了。

　　我们党领导人民将一个一穷二白的落后的农业国，建设成为初具规模的先进的工业国。一九六四年十月十六日在新疆罗布泊成功发射原子弹。

　　一九七八年十二月十八日至二十二日党的十一届三中

全会确定了改革开放,全面实现现代化战略转移。

一九九七年七月一日、一九九九年十二月二十日,相继收回香港、澳门。

富起来,强起来,二〇一六年十月十七日七时三十分,神舟十一号从酒泉卫星发射中心发射升空;二〇一二年六月蛟龙号载人潜水器在马里亚纳海沟成功潜至7 062米海底。

我们党如今更加强大,要把我国建设成为富强、民主、文明、和谐、美丽的社会主义现代化强国。我国在国际社会拥有绝对的话语权,我国的工业产值居世界第一,经济总量居世界第二。

画堂春·江浙

我住东湖君住西，十年分散两地，花开江浙谁传递，天为何意。

水通南国千里，气贯江城十邑，花落芳华无归期，花比人急。

【题解】

我们十年来分散居住在东湖、西湖两地，居住在东湖畔的人儿看不到居住在西湖畔上的人儿眼前花开的景色，对方亦如此。

水通南国三千里，气贯江城十二州，最好水云风景之地。花落芳华无归期，一年又一年，花儿比人还要急。

红窗月·十年树

十年长别久无影,阴雨晴明,是这般风景,这般心情。曾记宜城栽柳共秋春。

修枝剪叶心相篆,幕幕犹新。浇灌道密约,培土深盟。一起乘荫依偎入银屏。

【题解】

我们曾经在一起共同生活、工作的美女同事现在已无影无踪,但接下来的春夏秋冬,从来没有改变过对伊人思念的心情。

曾经在美丽长江边上的江城,我们共同栽种的纪念见证之杨柳,修枝剪叶,浇灌培土。

累了困了一起在树下歇息,依偎的画面久久回放在眼前。

秋千索·十年语

十年长别十年语。今昆山,人在何处。空对家乡万风情。雁北飞、春正著。

浓意吹绿花千树。又东风、月下玉住,粉冷红棉枕寒寒,断肠人、在远域。

【题解】

伊人长别十年,在这十年里有对你说不完的话、道不尽的语。我今在水云昆山,不知道你在何处。

如果你在农田里备耕生产的话,我人在远方,也帮不上什么忙,瞎操心而已。

但田野里小燕飞翔,百花盛开绿意千里的景象使我浮想联翩,每当夜晚身处春寒的时候,高天明月下,仿佛能看见你一个人是那么单薄,冷床薄被的,可肝肠寸断思念的人在很远的地方。

阮郎归·相猜

去年炎炎火中来,二度门未开。孤客碰壁苦相猜,下回来不来。

情未尽,岁月催。风吹两面摆,今年天涯斜阳栽。空慕风情衰。

【题解】

去年我怀着十分期待的心情,来到了我心目中要找的地方,只可惜高门深锁,撞了南墙,心情一下子低落到了极点,但一而再再而三也没见上一面,不忍离去,心里矛盾得很。到底我要去远方的安排要不要向她有个交代,下回来还是不来。嗨,一切随缘吧,该去哪去哪,往后就随岁月一天一天变老吧。

满江红·抗美援朝

　　建国出征,跨鸭绿,联军对列。卫家国,抗美援朝,直抵麦克。二百四十万军士,历时三年肉与血。上甘岭,四十三昼夜,战役决。

　　雄赳赳,气昂昂,装备简,志愿绝。三八线,熊熊战火烧灭。敌焰嚣张终自辱,不可一世求调节。从此后,百年二总量,东方茁。

【题解】
　　一九四九年十月一日,中华人民共和国成立,一九五〇年十月十九日出兵,十月二十五日开战,一九五三年七月二十七日结束,出兵二百四十万,历时三年,经过上甘岭战役,四十三天血与肉的残酷对决。后来经过三八线战役,美国求停调解。从此我国进入了和平发展阶段,如今屹立东方。

清平乐·天柱山

天高云淡，放眼带路建。挺身百国抗单边，主张多边理念。

天柱山上高峰，第二总量恢宏，再创一流强国，世界舞台从容。

【题解】

天柱山，安徽潜山境内，站在天柱山上，可以放眼望见一带一路的成功建设。当今我国的发展成就让世界瞩目。我们有能力在自身发展的基础上带动世界各国人民，我们有能力反对单边主义，走人类共同发展的道路。我们将努力实现中华民族伟大复兴，更加自主普惠人类。

山花子·姑娘

两小无猜过家家,红童粉黛石榴花。长相身材无处说,人人夸。

桥下小河长流水,姑娘玩水洗巾纱。秀发幽香吹人醉,东风洒。

【题解】

小时候,我们经常在一起玩耍的小姑娘,长得天生丽质,十分漂亮,乖巧可爱人人夸。

我们村有一座环绕的小桥,小桥下面一年四季长流着溪水。我们经常时不时地在河里玩水,姑娘就把玩湿的巾纱洗洗,且洗得有模有样,那翘起的小辫子,伴随东风吹来的幽香使人陶醉。

虞美人·十年天

小山放牧十年天，繁花异草间。翩翩起舞花蝴蝶，伴随东风竹影里摇曳。

波光粼粼小池边，鸳鸯戏水甜。一道逐鹿好风景，归来雅兴密密为谁倾。

【题解】

小时候在小山上放牧，翩翩起舞的花蝴蝶，在那繁花异草里，伴随那东风在小竹林里起起伏伏，欢乐地跳跃着。

还有那个波光粼粼的小池边，对对鸳鸯在那里戏水，是那样甜蜜。看到那群群蝴蝶、对对鸳鸯相互逐鹿的风景，归来密密的雅兴应该向谁说呢。

浪淘沙·梧桐

　　夕日着西方,暮色苍茫。乱云飞渡没斜阳。小桥流水耕夫子,初心不忘。

　　在当年路上,重拾信仰。月下深情背书香。一棵久爱的梧桐,长出模样。

【题解】

　　我一大把年纪了,退到了二线,有赋闲时间了,猛想起还有尚未完成的心愿。在那个推荐年代,进不了高堂学府,只能接力上辈们从事的农业生产,一埋头就是三四十年,报效无门,但仍不忘初心,重拾起当年路上的信仰,不断学习传统文化,日积月累,把自己的浅薄心得体会写成小篆,传承弘扬,实现心中的梦想。

采桑子·小桥

　　昨夜星星少又隐。悄悄慢道,轻轻低调。小河岸上风萧萧。
　　流水依旧鱼鸟叫。闪闪耀耀,对岸灯高。可照约人过小桥。

【题解】
　　昨夜的星星小而隐蔽。我慢悠悠地哼着低调荡着,小河岸上的风是那么凉爽轻快。河对岸的灯火是那么忽闪忽耀的,那么高远。是不是可以照得我的约人过得了小桥?

长相思·昔人

千首诗,万首词,难尽长情十年时。昔人那里知。
一块地、一丘池,早发红豆生南国。此物最相思。

【题解】

对过去人的思念用一千首诗、一万首词,也写不完、道不尽,过去的人哪里知道我的苦心。

我就在我家的不远处,辟一块地建一座小池,种上红豆,经常浇灌培土,见物如见人,以此来实打实解脱相思之情。

虞美人·十年心

　　小楼斜阳一尺高,淅沥光芒少。今夜孤灯照何处,只身寂寞长夜恨难去。
　　晓风吹干相思泪,落月啼鹃归。闪闪星星和背影,注定十年走来十年心。

【题解】
　　我今天完成了一天的工作,回到自己的小楼,那即将逝去的光芒越来越少,那今晚一个人冷房、冷床、冷被怎么度过,那漫漫寂寞的长夜怎么过得去啊!我只有打开窗户,向着远方让拂晓的风儿进屋吹干我的相思之泪。月亮快要落山了,啼鹃也不再叫了,天上闪闪的星星也只能看得见背影,哎呀,这一晃就是十年了,注定了十年走来情未断、理还乱的心情。

如梦令·晨雨

自宜城一别,不知小菊寒暑。孤处夜幕尽,月藏云端深处。

晨雨、晨雨、一夜梦乡又去。

【题解】

自从和小菊在美丽的江城分别后,就不知道她如今过得怎么样,冷不冷、热不热,最爱吃的原味瓜子,是不是自己舍得买,或许也有别人给她买。我一个人来到遥远的地方,晚上难以入睡,总是望着她居住的地方,数着时辰,看着夜幕,只见月儿进入云端深处,接着下起了满天河雾,嗨,这一夜梦乡又去。

浣溪沙·又一年

　　故园依依不曾闲,昆山城里好花天。十年长别又一年。

　　昨夜东风才著雨,遥望家乡云和烟。暮色空对夕阳前。

【题解】
　　我对曾经生活过半辈子的家乡是依依不舍的,久久也不能忘怀。由于社会发展的必然,再待在乡下是没有出路的,投靠孩子来到久慕的美丽的江南昆山,换了新的生活环境,满街、满城都是人,都是车,都是商店,都是厂房,一片繁华景象。离别了家乡一年又一年,昨夜又勾起了乡愁,望起了远方的云和月,一时半会儿也回不去了,空对夕阳长望。

采桑子·外祖

外祖庭院月新异。绿荫成行。日照西墙。小楼画栋又雕梁。

儿时情景自追忆。补丁衣裳。粥为主粮。而今迈步近小康。

【题解】

外祖家现在已经发生了翻天覆地的变化,优美的环境,舒适的庭院,小楼气宇轩昂。使人不禁想起了孩提时代外祖家也不富裕,外婆不问冬天、热天总是单衣单裤的,还打上了补丁,吃的也经常以粥为主。现在可好了,托前人的福,基本上实现了小康生活。

点绛唇·郊乡

宜城郊乡,当年一幕情韵长。风掀衣裳,天桥搂妙郎。

清丽月光,羞得投怀藏。暗端详。风吹玉面。归来短袖香。

【题解】
在美丽江城的夜晚,我俩结伴而行,当行走在人行天桥上,一阵风掀起了她的衣裳,一时不知所措,扑向了我的怀抱。在明亮的月光下,羞红的脸蛋,只得把她藏起来,风儿又吹起了她的香发,姣好的玉面,映入眼帘,久久不能忘怀,归来后衣服仍香气十足。

菩萨蛮·高山

约送小米两代至,初上高山幽僻居。满满夕阳红,萧萧四面风。

居内百川藏,学子旅海外。稍待此山间,与翁啊呵闲。

【题解】

某日在集市上,碰到一位满面红光的高山老人,他说他的孩子们都在海外,老人长期买乡下种的粮吃,但量又不能多,多了吃不完,如是就约我送上两袋。某天午后斜阳西照,来到了如此幽僻的高山,当满满的夕阳照在半窝式的山间,交相辉映的景色深深地吸引住了我。片刻间与慈祥的翁翁啊呵不停,要不是天黑了都不想返回。

鹧鸪天·离别

百日含苞故作羞,手接绿叶与枝头,欲将清身如玉洁,又愁香消怨当初。

云澹澹,水悠悠。断岸杨柳一叶舟,从此茫茫守空楼。

【题解】

久违的朋友,我们相处的那一段时间,也不想进,也不想出,青蛙不打,蛇又不放,就那样僵持下去,步入到了两难选择的境地。终究不欢而散,各自寻找自己的归宿。

长相思·相思

　　情热热,意热热,十年长别道谁说,暮船何处泊。春花开,冬霜雪。枯枯荣荣十年隔。东方又晓拂。

【题解】

　　我对你的情是那样执着,对你的意又是那样执着,分别十年了我又找谁说去呢?每当到夜晚,一颗空荡荡的心能到哪里着落呢!就这样年复一年,日复一日,枯枯荣荣、荣荣枯枯地煎熬着。天黑了,东方又拂晓了。

红窗月·镇静

　　一往情深未情人，故作镇静。那相处严谨，有声无声。当年倾城触目又惊心。文静高雅乱方寸。

　　流水不停，血脉早相通，滴滴融动。耀眼的花屏，花开待何春。

【题解】
　　我们从一开始就是那种相互吸引又相互排斥，谁也不愿依附谁的人，相见无言默默去，此时无声胜有声，心心相通。有时也会被秋波泛泛乱了方寸，有时也会因严谨的外貌退避三舍，而彼此心知肚明。权且看着美丽的花屏，真正看到开花，不知要等到何年何月。

南歌子·抗日

东北沦陷急,荒城野雉飞,攘外安内剩残灰。南京同胞碧血,满龙堆。

井冈朱毛会,救国大旗挥。行程二万抗寇匪。十四卓绝艰苦,挽亡危。

【题解】

近代以来,我华夏遭受了日本帝国主义的野蛮侵略和肆意屠杀,南京更是血流成河,尸横遍野。"攘外必先安内"背离人民,给中国带来深重的灾难。

在人民处水深火热之际,我们伟大的中国共产党,伟大领袖毛主席担当起拯救民族大任。进行了举世瞩目的二万五千里的伟大长征,十四年的艰苦卓绝的抗日战争,挽救了中国。

如梦令·圆梦

万众一心圆梦,人人出彩机会。已捉鳖五洋。
又揽九天光辉,大国大国。雄风世界普惠。

【题解】
　　我们伟大的中华民族,从站起来、富起来到强起来,再到习近平主席提出实现中华民族伟大复兴,我们伟大的中华儿女,人人都可以拼搏。我们现在已经下得了五洋,上得了九天,正朝着大国担当、人类共同发展、普惠世界的道路迈进!

南歌子·拉钩

少小手拉钩,一生相守到白头。曾是青梅竹马地,哈哈。风和日丽几春秋。

依依共作休。电影看戏总前后。双双对对着手了,扭扭。未入洞房红冰流。

【题解】

小时候,邻家的姑娘,从穿开裆裤的时候,朝朝暮暮就在一起摸爬滚打,谁也离不开谁。我们曾经拉钩,我们曾经许诺,我们一起相守到白头。我们的家长,我们的村人长辈们都认可,就这样在风和日丽的日子里慢慢长大。大集体时代,我们共同出工,共同休息,看电影、看戏,那个时候有的要跑十几里,人山人海,好不热闹。我们总是形影不离,手牵着手,对对双双的,到了我们谈婚论嫁,出其不意,你做了别人的新娘,泪流满面。

忆江南·此晨

　　炊烟尽,有心未许身。风雨消磨十年别,似曾空巢又孤茕。寄情望星星。

　　月光下,清吹那堪听。淅沥窗前摇影叶,落月休光啼鹃声,薄福荐此晨。

【题解】

　　在改革开放的民工大潮中,在美丽的江城,一个唇红齿白、貌美如花的少妇闯入了我的生活,在我后来的生活中总是挥之不去,风雨十年也消磨不掉犹新的记忆。没有她在一起有说有笑的日子,是多寂寞孤独。唯独能陪我的是大自然无私的月亮和星星、清风吹入的晓露窗前摇曳的树叶、渐渐落月休光啼鹃声,尚存的是东方吐白的光景。

望江南·会期

一首诗,又是千篇词。挑灯薄雾窗叶滴,难尽长情十年时。夜深太眠迟。

催道去。此累有谁知,茫茫两地长相望,犹疑翏翏有会期。未梦月落西。

【题解】

十年离别长情,有写不完的诗、写不尽的词,即便挑灯夜战,猛然看到窗前树叶上的露珠滴落,也还是停歇不下来。实在是太困了眯一小会儿。

嗨,伤情之地此累有谁知。长期的两地相望,心中还不清楚将来是否有会期。就这样等着、盼着还未进入梦乡,月儿就落西山了。

清平乐·昆山

首奔昆山,初春夜出关。亲临当年吴郡地,而今繁华远战。

经济联通一带,外商云聚四海。第二上海方阵。共同体内光彩。

【题解】

在农民不断进城务工的大潮中,入灯时分,我有幸来到了美丽的江城昆山。亲临了当年的吴郡地,今远离了战火硝烟,到处都是繁华景象。

高楼林立、商贾云集,连续百强榜首。人车满道,店铺满城。正迎接第二上海方阵,在国际舞台上有光鲜的一帜之席。

清平乐·昆山

高楼千里,东吴今非昔,改革先行发展市、开放前沿腹地。

水陆并举商路,五洋九天同舟。诸葛孔明掐指,大国雄风一秀。

【题解】

改革开放后的美丽的江城昆山,与当年东吴相比,真是发生了翻天覆地的变化,昆山连续稳居先行发展市的百强榜首。

海陆空多措并举发展商路与周边的城市衔接起来真可谓高楼千里,水通南国,处处勃勃生机。当年的诸葛孔明能不能料想到,如今的昆山,是大国一秀雄风之地?

沁园春·金秋

倾慕金秋,袭人依旧,短暂岁月。自宜城一别,望穿秋雨,有步难行,有夜难彻。建设高楼,供给高教,接力完取小人物。君可好,曾几度衣冠,欲睹风韵。

芳容芳香芳艳。花未谢,人却十年隔。那相呼相唤,相拥相随,默默珍藏,刻意不说。心潮涌起,打开史书。慢慢读懂后半页。牵肠处,到当年平台,残阳还热。

【题解】

每到金色的秋天,就勾起对往事的记忆。袭人的芬芳还是那么历历在目,虽然只经过了一段时间,却留下了终身不能忘怀的印象。自从江城一别,各自江南海北,就是望穿秋水,也没有可能再碰到一块。没有目标,就是有脚也难寻找,有夜也睡不好觉。为了国家建设,为了供孩子上大学,为了娶儿媳,为了抱子孙,只能牺牲小我忍忍吧。话又说回来,一旦美好的东西进入了你的生活,一时半会儿是挥之不去的,总还是想知道对方过得好不好。一到下班,就经常把自己打扮得像老板模样，万一在不经意间，在某个地点能够遇到当年人的芳容、芳香、芳艳和风韵呢。

　　思念之情尚未忘却，但人却走了十年春秋。我们曾经的情是那样炽热，曾经的意是那样热烈，但又有分寸，彼此尊重，相互爱护，自己的私利都包装得很好。后来想起来，这段经历是上苍给的一本无字的书、难猜的谜。如果有一天能用现代的钥匙打得开当年的锁的话，能回到当年平台，能读懂上半页和下半页的话，还是童心不老的。

山花子·菊花

　　小阳春里小菊花,蜜蜂起舞多潇洒。天然幽香清吹入,农人家。

　　山前林荫花丛里,潺潺流水小桥下。天下无处不物华,屏入画。

【题解】
　　在我们美丽的亭湖岸畔,绵延的太百公路上,世人居住着的小村庄,绿荫成行,日照西墙,金秋艳阳菊花开放蜜蜂起舞,自然的幽香,微风吹入,潺潺的流水,古老的小桥,环绕着小庄交相辉映,无处不物华,银屏入画。车辆船泊尽收眼底。

沁园春·怎忘

二十余年,香延至今,风烛怎忘。记同舟亭湖,一发相相,目目相恃,秋波荡漾。正当英年,得遇知音,春风着意也轻狂。不言换。风儿吹不散,虽属雅量。

彼此彼此不防。私下里一起没端详。那明浩月光,归来相望,窃窃私语,融入柔肠。帝国不落,天地不消,日后相守久远长。不须祷,今生若如愿,来世不妄。

【题解】

曾经被点错鸳鸯谱,二十多年前知遇的一位朋友,如今到了风烛残年的时候也不能有半点忘怀,她的体香也许能伴随终生。记得在同乘亭湖的船上,我们一见钟情,发出了双方互被吸引的暗号,在年龄还不算大的时候就于尘世间偶得知音,真是有点情不自禁、喜出望外。有着这么好的一个人就心满意足了,再不能去这山望到那山高,挑肥拣瘦的。就是外界再有风吹草动我们也不会分开，虽然有些受别人指责，但也无伤大雅。私下里，我们在一起是不考虑这样或那样的。

　　每当回程的时候，月亮高照或是其他天气，都是要相送一程的，并说些悄悄话，融入心肠。我们擦起的火花，心灵碰撞的火花将伴随天荒地老，永不熄灭。但愿我们日后没有病痛，没有灾难，壮实，无拘无束，奔放。我们不需要拜菩萨天就而成。今生若能像我们想象的那样，来世也觉得没什么遗憾。

长相思·北浴

东高山,西高山,街前河里一石船,历数百年寒。近鄂水,依汉川,北浴女儿存高远,钓鱼五洋环。

【题解】

北浴是三县交界处、三山环抱中的小盆地,还有天然的小高原,自然风景优美,世代积贫积薄,人多地少,发展较慢。

自身条件有限,乡村建设主要靠外出打工,会赚钱的人家才能过上好日子,但街前河里古老的石船,再向前有县级的钓鱼台水库,远近闻名,使人不得不流连忘返。

长相思·新路

一根线，一个泵，探索抽水过山岗，田里白如霜。三夜去，三天来，走出新路长流水，闻得稻禾香。

【题解】

我们村庄东头有大集体时代修建的一座水库，由于当时通水的沟梁，年久失修，距今已有三十四年没有灌溉用水。遇到了灾年，农民的大量投入就连成本都收不回来，况且是大家的事，很少有人去关心、去过问。

有压力就有动力，于是突发奇想，买上一个水泵，拉上一根电线，试一试看能不能抽水过得了山岗。功夫不负有心人，一抽就是三天三夜。

清平乐·月圆

中秋月圆,盼望新人还。从头做起不为晚,敬业爱岗和善。

不求大富大贵,但愿岁岁平安。接过上辈诗篇,谱写有用宏传。

【题解】

当今有些孩子,心气比较高,低层不想做,高层做不了,不够踏实,对社会、对家庭、对个人,都不太负责任。别人家孩子与家人团聚的时候,有些孩子就回不了家。

于是就希望这些孩子能够安分守己,做一个勤勤恳恳的人也不为晚。根据自身的能力,贡献一点是一点,不要去想一夜能暴富,学习上辈人的道德忠孝传家,做对社会有用的人。

摸鱼儿·学问

　　问当年,名落金科,虽有雄心壮志。报无门、青云难上,苦其体肤筋骨。唱田歌,吟牧羊。大有作为天地广。初心不忘,在当年路上,怀抱梧桐,西风吹信仰。

　　雾茫茫,东西南北何方,深秋夜凄凉。二十余载丢学问。花发又拣旧业。拾芜荒。务实干,撸起袖子加把劲。如血残阳。常怀少壮心,噩梦几番,草根喜霜寒。

【题解】

　　1966—1976年,一些品学兼优的学子,由于历史问题,失去继续深造的机会,虽然有志向却找不到途径的,只能静下心来,跟随上辈们日出而作,日落而息,与牛羊为伴,与泥土为舞,想尝试着改变这种命运,但就是高不成,低不就,没有服务本领,光靠赤诚之心是难实现的。

　　虽然在高堂学府之外凭借当年的优秀、坚强的好胜心，长期默默无闻是极不甘心的，特别是年龄越来越大了，也有闲暇的时候了，重拾起书本，坚守热忱爱好文学的立场，孜孜不倦地，年复一年，日复一日地耕耘，虽然遇到一些曲折，但精诚所至，金石为开，久久为功，书读百遍，其义自见。草根是能够吃苦耐劳的。

虞美人·乡音

半载与君共事处,当下正著暑。宜城郊乡高楼建,太阳炎热挥汗玉宇间。

楼下倩女多柔情,动听老乡音。一首琴瑟声声曲,回响夜空悠扬沿江域。

【题解】

改革开放时期,大量的男女农民工融入了改革大潮,拥入城市,建设城市。在美丽的江城建筑工地上,有一群起早贪黑的男女,艳阳高照的时候他们挥汗如雨,热火朝天,干劲十足。

楼下时不时有女孩子唱着美妙动听的老家歌声,那旋律好像到了夜晚都还在回荡。

山花子·梅花

　　冷艳梅花寒寒开，漫天飞雪暗暗来，一夜东风春春里，幽香在。

　　万物复苏醒醒日，山花烂漫灿灿外，莺歌燕舞行排排，情长怀。

【题解】

　　在百花凋零、严寒的冬天里，只有梅花能屹立开放，伴随的是不经意间漫天大雪暗暗而来，即使一夜东风将花儿吹落吹散，但它的幽香仍然能留在人们的记忆里。

　　梅花催旧迎新，当它褪去银装素裹的时候，换来了新的一片大地，绿意千里，再到山花烂漫，莺歌燕舞，万紫千红的景象，它始终如一是劳动人民离不开的忠实朋友、好伙伴。

蝶恋花·亲吻

宜城庭柯玲珑月。柳绿灯红，当下正炎热。拥抱依依无可说，心潮涌起忘玉洁。

跃身合着一棵摘。那是亲吻，一果两个缺。樱桃难住韶光歇，人生那不相思绝。

【题解】

在美丽的江城有一棵果树的庭院里，在玲珑的月光之下，我们相约用嘴巴去共咬同一个果实，要配合得相当到位。

一起跃起来，同时咬住同一个果实，同时着地，就是好到双方都不防备对方、不能再好的那种。想要做正人君子哪能做得了呢？哪能不相思而忘怀呢？

江城子·第二故乡

花发未出少壮关。北平川，南昆山，行程数日，千里远家园。为报倾城热血注，做土工，仍好汉。

一身蛮力汗未干，进城市，有几番。第二故乡，偷闲香书看。立足草根泥腿土，伴霜寒。愿未还。

【题解】

正值壮年时期随着民工潮走南闯北，曾经南到过温州、北到过天津。做过些有技术含量的活，也做过一些粗活，十几年中，离家庭几千里就这样来来往往。

再后来待孩子们学业有成，举家迁到美丽的江南昆山第二故乡。做过保安，现做城管，几个春秋。心中的愿望还没有实现。

西江月·花亭湖

　　花亭湖细浅浪，映入蓝天云霄。渔家渔火烟雨骄。两岸翠竹芳草。

　　伴随满轮明月，天下何处琼瑶。湖上倒影南阳桥，杜鹃莫催春晓。

【题解】

　　位于长江边上的美丽的花亭湖，微风荡漾，波光粼粼，映入蓝天云霄。那汽艇渔船穿梭如织，十分繁忙，两岸的苍松翠竹茫茫如海，交相辉映。

　　每当遇到满轮的明月之时，那水天山色一体，步入了人间仙境一样。湖上有一座贯穿东西的南阳大桥，南阳大桥的倒影随风吹来吹去，似忽隐忽现的彩带使人流连忘返，林间的杜鹃莫来过早打扰。

点绛唇·绿岛花园

绿岛花园,暮色苍苍虹桥段。排排灯光,绿树行行伴。

月夜茫茫,高楼参云半。襟长短,车流人乱,无处不景观。

【题解】

位于虹桥路段上的绿岛花园小区,每当到晴空万里的夜晚,景色相当迷人,那排排的灯光、行行的绿树结伴而立,那茫茫月色的夜空,高楼耸入云霄。

那错落有致的院落,那曲中有直的车道,那鳞次栉比的停车场,那宽广的人防工事、地下车库,还有那五湖四海聚集而来的精英人群。全国各地的乡音相互交汇,各种各样的穿着,长襟短襟,男女老少。车潮人潮,到处都是景观。

望海潮·故国风雨

故国风雨,残域荒草,江山谁能兴亡。东北沦陷,天狼横行,国破到处凄凉,往事最堪伤。井冈山上朱毛,主义主张。百万工农,二万征程扛北上。

昆仑一片茫茫。有草地天险,无畏列强。十四[①]卓绝,同胞碧血,染红万里将场。迫贼寇投降。生灵涂炭日,山河百创。开天辟地,五星红旗升东方。

【题解】

近百年来,我们中华民族曾经遭受过日本军国主义的野蛮侵略,实行"三光政策",我们的人民手无寸铁,四处流离失所,东躲西藏,长期处在水深火热之中。这段过往,真是不忍回首。在民族危亡的关头,我们的伟大领袖毛主席等老一辈无产阶级革命家,率领百万工农

[①]这里指十四年艰苦卓绝的抗日战争。

红军和全国人民进行了二万五千里长征和十四年艰苦卓绝的抗日战争。

　　面对巍巍茫茫的昆仑雪山、无比艰险的草地，只能坚守信仰，靠毅力一步一步地走过来。先烈们勇敢地担当，前赴后继，吃树皮草根。我们的先烈们有一条被子也要分一半给老百姓，我们的先烈们经过了多少枪林弹雨，我们的先烈们经过了多少磨难。正是以我们前辈无数的身躯和鲜血付出的代价，才迫使日本天皇无条件投降。再经过解放战争，从此开天辟地，成立了中华人民共和国。

点绛唇·息园

　　新区息园，鱼游浅水鼓浪翻。小桥拱影，步路九连环。

　　绿树行行。垂杨悄悄弯。花鸟伴。百家亲春，挽孙竟相玩。

【题解】

　　高新区息园是为市民建设的休闲场所，有几处形状各异的鱼池，不远处能看见鱼儿欢快地游来游去。鱼儿由于经常能见到游人，也就习惯了，只要不触犯它，它是不会逃的。行走的步道是环环相扣的，行行的绿树、婆娑的垂杨，花啦，鸟呀，相互陪伴着，来自五湖四海的爷爷奶奶带着孙子在一块儿玩着。

蝶恋花·燕归花谢

又到燕归花谢处,不语风华。踏遍春风路,劳泥他乡无间绪。

不恨年年枯荣苦。只恨西风,岁岁成今古。新陈代谢天涯许,海角不曾新寒雨。

【题解】

一年四季又到北燕南飞万花飞絮的节气,不问曾经做过什么,只问自己做到了什么;不问别人给予的成绩,只问自己给予别人的付出,不去想别人要不要做的,只去想自己应该做的。不去计较年年重复的烦琐,只能认为是大自然新陈代谢的必然法则,这就是意义中的意义。

如梦令·小菊

时下正是清明,小菊贪睡未醒。百日何时逢。秋到潮期难定,雨冷、雨冷。花开暖暖阳春。

【题解】

清明节的时候,小菊花不知道到哪里藏起来了,也还不知道醒与未醒,也不知道要过多少时日才能见得到它,秋天也到了,潮期也到了,还是没有音信,望不到影子。后来一场寒雨,一场寒雨。花开暖暖阳春让人享受不了。

减字木兰花·金秋

倾慕金秋,袭人风韵仍依旧。风烛残月。残月几许后半页。

昙花一现,芙蓉国里小天仙。若解不眠。步尘韩凭恰当年。

【题解】

乐观于自己人生的金秋收获岁月。曾经美好的际遇,伊人的风韵历历在目,即使到了风烛残年,温存在脑海的记忆还是清晰可辨。沿着当年的足迹,一步步去读懂,品味享受往后余生。虽然我们当下碰擦的火花是那样短暂,不必要去追求朝朝暮暮,只要曾经拥有过就心满意足,无怨无悔,只要上苍还能给予机会,还能够一如既往地走下去,直至生命最后时刻。

望海潮·改革风雨

　　贫穷风雨,江山谁能富强。宣告历史,导师理论,开放改革挽凄凉。往事最堪伤。大集体生产,混混时光。几处炊烟,紧紧巴巴亦模样。

　　瘦麦一片茫茫。村姑上一线,晒晒太阳。小岗到,神州春醒,发展国策先上。沿海排几行,亿民如潮水,建设城乡。总量第二,而今迈步已小康。

【题解】

　　曾经水深火热的中华民族经过共产党领导的全国各族人民的共同努力,推翻了压在中国人民头上的三座大山,于一九四九年成立了中华人民共和国,从此中国人民站起来了。但面对一穷二白的落后的新中国,怎样才能使我们的国家富起来,是国人探寻了几十年的艰难课题。四十多年前,一声春雷,惊醒了神州大地,小岗村的十八个红手印,实行了包产到户,改变了过去吃大锅饭的面貌。党的十一届三中全会提出了把工作的重点转移到社会主义现代化建设上来。规划特区让沿海城市先富裕起来,让一部分人先富裕起来。我们的亿万中国人民热情高涨,发挥了前所未有的潜力,经过四十多年的努力,我们可下五洋捉鳖,可上九天揽月,经济总量稳居世界第二,取得了令世界瞩目的光辉成就。

浣溪沙·十年间

十年长别十年间，宜城栽柳柳弧弦。曾把柳儿丢那边。

培土浇灌人不在，春夏秋冬问谁言，十年遥望夕阳前。

【题解】
十多年前，在我们结识、生活、工作过的地方，我们共同栽下了见证我们友谊的树。由于工作原因，我的友人调到了很远很远的城市，再也顾不上这棵树了。十几年了，现在树叶婆娑，浇灌、培土、修枝剪叶都是我一个人承担。春夏秋冬，年复一年，如今树长得有模有样，也无法告诉她，每到傍晚只能空对夕阳相望。

南乡子·梧桐

　　曾几多春秋,一个念想碰破头。不是当年学府地,坚守。草根难攀高枝秀。

　　香书不堪丢,暮色空对白云愁。东方再起韶华日,等候。太阳底下梧桐郁。

【题解】
　　老想着,当时是被公认的学习的好苗子,上苍没给予深造的机会,就从此这样默默无闻下去,总觉得有点于心不甘,老觉得自己还有潜在能力,思来想去究竟能做点什么。沙河困醒千条路,二十年也找不到头绪。看些书,写些文章,也不知道是什么类别。后来一朝顿悟,原来自己的爱好是传统文学。试着想去传承、弘扬。

沁园春·宜城

宜城风光，千里江涛，万里迷茫。几百年荣辱，几朝衰盛；流水依旧，城残草荒。多少英辈，前赴后继，掀戈开沙场。仅沉浮，井冈山朱毛，主义主张。

百万工农北上。驱匪寇挽危亡。十四年艰辛卓绝。走向独立，抗衡外患，改革开放。摆脱贫穷，建设城乡。万众一心奔小康。复兴梦、世界共同体，舞台中央。

【题解】

长江边的江城，是一座历史悠久的古老城市，千里波涛滚滚，万里迷雾茫茫，历经多少朝代的强盛与衰落。流水还是保持着原来的样子。近百年来古城在封建王朝腐败没落的统治下到处都是残破不堪、荒凉的景象。

多少先辈揭竿而起，摆脱外辱内患，前赴后继奔赴沙场浴血搏拼，后来在共产党的正确领导下，古城人民和全国各族人民一道走上了抗击帝国主义侵略的道路，挽救了民族危亡，走上了独立自主之路，建立了人民民主专政的国家,从此兴修水利,改造良田和道路建设网络覆盖体系,建立起了初具规模的城市。我们的古城人民跟随祖国从站起来,慢慢走上富起来的道路,从落后的农业城市过渡到现代的新型工业城市。现在古城人民继而为实现中华民族伟大复兴奋勇前进。

菩萨蛮·昆山

春城易暮天易晓，上班路上人更早，车儿晨曦忙，鸟儿林间唱。

高楼遇水绿，东风吹睡熟，正是梦醒时，月儿仍当头。

【题解】

江南的一些地域一马平川，由于没有高山的遮挡，太阳说出来就出来，说落就落下，没有半点含糊，这里是不夜城，上班的车流人流是川流不息的，特别是早晨，杜鹃还在啼叫，月儿还悬挂在半空中，正当人们还沉浸在美好的梦乡里的时候，上班的钟声，不管你接不接受，都会无情地敲响，头顶上的星星还在忙碌地工作。

浣溪沙·昆山

昆山远隔千里家，江南如此好物华，高楼耸立映天涯。

第二故乡好住处，都市边陲前景大。晚年天堂惧发花。

【题解】

美丽的江南昆山与大别山老家相隔几千里，这里是都市边陲。高楼林立、车流如潮、店铺满城、水网如织、森林覆盖、旅游景点、第一水乡、周庄古镇、锦溪非遗、阳澄湖大闸蟹、玉树琼花、并蒂莲花、森林公园、体育公园、马拉松竞赛跑道等举不胜举，是老年人的养生养老福地。就是不想自己衰老。

满庭芳·江南

　　江南物华，千军万马，创业儿女成堆。科技兴国，八方风雨汇。商业发展日当午，乃国柱，导师设计，承先基，开放改革，华夏新天地。

　　须知今古事，民强国富，百姓所思，国人之目标，上下智慧。劲往一处而使，复兴业、小康普惠、共同体、舞台中央。国梦几时回。

【题解】

　　江南，自古就有资源充沛、得天独厚的地理位置。改革开放初期，国家就将其部署为先行发展城市，占有我国轻工业市场的生产总量的半壁江山，是我国积累社会财富的排头兵和支柱力量，是亿万精英下海捞金的主战场，是带动中西部发展的催生力量。江南人口密集，交通设施相当发达，上海的地铁就像过山车一样，川流不息。江南的人文气息浓郁，风格灵活多变。江城水资源丰富，空气湿润，这里的树木花草，绿意盎然，是工作、生活、旅游的首选之地。江南的名城古刹分布各地,休闲、观光、娱乐、健身等场所气氛十分活跃。江南很注重文化教育,学校比比皆是,师资力量雄厚,城市的基础设施齐全,应有尽有,管理队伍庞大,人民安居乐业。

天仙子·二月

二月春风花下迷,蝴蝶翩翩人陶醉。错解芳蕾误对尊。

愁难睡,愿未遂,月落窗雾又起。

【题解】

二月到处都是春光明媚,蝴蝶翩翩起舞,使人十分陶醉于春意。农业方面,二月也是修理塘堰、清理沟渠的日子,也有早就离开家乡进城务工的民工群。二月又是女人们走娘家,去七大姑八大姨家串门的喜乐时光。二月是打开一年四季的大门,开好头、起好步至关重要,为今后的一年四季奠定好基础。

菩萨蛮·小菊

秋云吹散谦纤雨,小菊未开清风住。身在红叶中,红叶四面风。

柳絮寒霜下,孤客小楼瓦。夕阳倚阑干,望断无限山。

【题解】

金秋时节,艳阳高照,秋高气爽,淡云飘飘。村庄周围的菊花尚等待开放,簇拥在漫山遍野绿树红叶中,微风吹起,波光粼粼,是一年当中最艳丽的场景。倾慕的人儿只能静心忍耐,柳絮天,只身小楼,独倚阑干,夕阳西下,望断远山。菊花盛开的美景,能不能给予赏心悦目的机会?

满江红·蜡烛

　　问我何春不言此,农舍茅屋,曾记得温饱之事,日兼夜宿。蛮力汗水东流去。一身还被时光束。误对空,春夏秋冬天,不成曲。

　　多少梦,蕉中鹿,定成局,只可握银锄,风来雨去,田园书香躬尽翠,草根泥土小牙绿,过些些,一枝照寒宵,像蜡烛。

【题解】

　　是真不想人问起过往,出生在大炼钢铁年代,上辈起早贪黑去大河里淘铁沙。一个箩筐里装着三个尚在母乳喂养期的小孩,由村里年龄最大的老婆婆看管,住的也是几间矮小的土木瓦房。就是出满工、上满勤,解决温饱问题还是有些困难,一身汗水白白流去还是觉得时间不够用。就这样年复一年、日复一日地依靠庄稼收成,也是出不来成绩的。

　　大集体时代,国家处于发展的初级阶段,工业建设还没有上去，还是以农业为主的国情，农民只能留在地里辛勤耕耘。那个时候还没有研究出杂交水稻，老品种的水稻产量不高，要种三季，真是累死人。那时没有机械、除草剂等，牛耕效率低。那时的田园牧歌生活就是我们今后的精神财富，也为后来的发展建设奠定了坚实的基础。

菩萨蛮·天梦

回文

悠久上海今姑苏　苏姑海上今久悠
娟婵共明月　月明共婵娟
篇幅著南蛮　蛮南著幅篇
天梦兴国强　强国兴梦天

【题解】

上海和苏州是两座古老悠久的海上城市，反过来，苏州和上海是两座年代久远的城市。

月亮共明月，月明是共月亮。

这样的地理位置只有南国才能有。

南方具有这样的地理位置，为祖国做着贡献，国家强大了，随之而来中华民族伟大复兴的中国梦也就基本实现了。

南歌子·十年挥

十年一挥手,原想往如常。两厢青眼空走廊。北客来年要去,二故乡。

故园情万分,暮色几夕阳。一时分散水云庄,江南落花芳草,断人肠。

【题解】

我们虽然分别十年了,原以为还有再次相聚的可能,可惜上苍不眷顾,再也没有见到心上人。本来计划第二年要去很远很远的地方去跟好友会面,可等了半天也碰不上人,当时的心情是多么焦虑,对曾经熟悉的身影、熟悉的地点真可谓是难舍难分。几多留恋,第二年开年,举家迁到浦江岸畔。从此山更高、路更远。

南歌子·藏珍

　　暮色斜阳下，清吹小纱巾。轻盈红潮小腰身。孤客人前轻拍，紫红襟。

　　悄悄前朝歌，悠扬绿柳春。月光当头最清新。一曲弦尽千声。共藏珍。

【题解】
　　在夕阳渐渐西下时分，我们一起到公园里散步，清风吹动着纱巾，伴随着轻盈的楚楚动人的娇小身姿。我情不自禁地轻轻抚摸紫红色衣襟，高兴地哼着民间小调，悠扬地回荡于绿柳下的春天。傍晚月儿上升到小半空，林间的鸟儿是那么欢快，跳来跳去叽叽喳喳，并和大自然的千声妙音律，一同进入了我的脑海中。

南歌子·屏珍

邀邀平州下,风动丝发巾,薄妆浅黛小盈身。咚咚步步节拍,淡红襟。

曲曲摆手歌。鸟语三月春,朝雾散尽好风景。一同银河挽手,银屏珍。

【题解】

我们因为有共同要处理的一个事情,相邀走在乡间的小道上,去了一趟平州。女士优先走在前面,从后面时不时看得到风儿吹起了女士的丝发和方巾,还有那小巧玲珑、轻盈的身段,走起路来,咚咚步步有劲的节拍,淡红色的衣襟,两手划来划去好似有节奏的歌声。鸟语花香的三月春天,早晨的雾散去,呈现清晰可辨的风景,一同挽手过着一条大河,这些都珍贵。

采桑子·茫茫

　　春前细雨水云乡，日也凉凉，夜也凉凉，小菊昨夜一场霜。

　　落花芳草江南地，醉也香香，醒也香香，醉醒今日两茫茫。

【题解】

　　我随着改革开放的民工大潮进城务工来到了美丽江南的鱼米水云之乡，现工作、生活已经有好几年了，但我老家的一片自然菊园，使我日日夜夜念念不忘。好像心中失落了什么似的，总觉得我不在它的身旁，那片菊园是那么凄凉。我虽然离得很远很远，但曾经的芳香总是在我的记忆里萦绕。

浣溪沙·深秋赢

一半残阳下小楼，小菊未开蝴蝶悠。翩翩起舞绪兴头。

艳阳秋云一夜过，赢得东风暗吹熟。身处幽香满深秋。

【题解】

下班的时候，走出小区来到滨河边深处，细数小菊花还没有开放，小蝴蝶闷闷不乐。过了一段时日，又来了该处，看得见小蝴蝶兴高采烈的样子，好像是为了迎接什么而翩翩起舞，再经过一段艳阳、秋云、东风的催动，于是小菊花熟透了，尽情盛开，幽香分散于四野。

蝶恋花·叶叶

中秋柳林中秋月。月圆中秋,中秋夜圆月,一时分散无可说,水云江南几热血。

粉冷红棉空枕热。千里两相,地南与天北。柳林弧影万千叶。叶叶那不相思绝。

【题解】

中秋之夜到滨河岸畔,柳树林里去赏月。中秋夜历来是万家家人团聚、夫妻团圆之夜,但随着进城务工的农民越来越多,像我这样离开家乡的人就很多。来到水云江南打拼了几个春秋,只身一人,租个小单间冷冷清清的。在林中转来转去,高空圆月照耀下熟透了的片片红叶,勾起了思乡深情。

一斛珠·春燕

　　昆山春晚，乱云飞渡斜阳半。家乡烟雨影如篆。月下花前、风情绿柳岸。

　　自惜元宵两湘散，袖中难写短书乱，为说相思，望断思春燕。

【题解】
　　一线守平安，家国两难兼。每当春节，我们都在一线肩负着守护平安的职责，让全体人民春节祥和安全。工作之余，就到公园里去散散步，看到那些下棋的、打扑克的、打乒乓球的，还有那些跑起步来两边长辫子不停甩动的美人等，就情不自禁想要对家人诉说，并盼望团聚，但只能望断思春的燕子。

浣溪沙·乡下

　　昆山高楼披晚霞,春深芳草落樱花。远山夜幕刚刚下。

　　遥知开车多少路。情浓香院隔天涯,明月千里照乡家。

【题解】

　　黄昏时分,晚霞就像披在昆山的高楼上,到了春天的最后时日,芳草更绿,樱花散落。远处山上的夜幕刚刚降临的时候,想回一趟老家,但不知道要开车走多少小时的路程,那用辛勤劳动的汗水建造起来的小楼是有一定的感情的,院子里的铁树、竹子、菊花、紫藤一片勃勃生机。此时远隔千里,只有天上的明月才能照得了我的乡下老家。

华清引·杏花

　　春风二月杏花香,燕子飞翔。庄前池塘绿水,农家小路旁。

　　走出一串小牛羊。村口烟树苍苍。耕夫至忙月,丹青照壁墙。

【题解】

　　新春二月正是杏花飘香,燕子在田野里飞翔的时候。村庄前的池塘里满满的绿水,农家的小路上走出一排一排的小牛羊,牵到小山上去放放。村口的一排排大树高耸挺拔,农民叔叔、伯伯们忙着植树造林、修桥铺路,修理塘堰、清理沟渠的,运送农家肥的,媳妇回娘家的,走亲戚串门的都写进村前的壁墙上。

临江仙·雪夜梅开

雪夜梅开冰合井,屏风明月幽怵。柳絮飞飞白暮啼。零落泥中尽,故香醉还垂。

一时吐吞先掩泪,未尽半带欢悲。春风两尽莫相违。分散断肠处,早早草莺飞。

【题解】

冬天雪夜里梅花开放的时候是那么寒冷,开放的梅花在月光照耀下是那么美,一阵东风吹过,散落满地,最后融入了泥土,但它所做的努力、它的芳香没有被人们忘记。一时间的出现为人们带来春的气息,不计较自己的得失,即将离去的时候也不留恋。美丽的春天早就草长莺飞了。

山花子·小娘

　　藕塘岸边小娘家。菊花美酒红襟下。百般情长无可说。暗自夸。

　　月下娇吟蜜如水,幽香弥漫甜怵纱。秀发音韵吹人醉,尽潇洒。

【题解】

　　村庄藕塘岸上人家住着一位美丽的小姑娘,当菊花开放、美酒四溢的时候,东风吹起,阳光照耀下的红襟婀娜多姿,频频颤动。那样的风情是相当吸引人的,月光下广场舞上伴随翩翩起舞的歌声,她是那么使人陶醉,不难看出她相当乐观,尽情奔放,尽情潇洒,尽情展现,尽情奉献。

减字木兰花·琼花

　　昆山春早、琼花开放春光好。无双正著。萧史秦嬴曾紫城。

　　玉山一娇,踏至游人涌去道。千古奇秀,便逐江南水云流。

【题解】
　　昆山城北亭林公园里的玉树琼花在每年清明时节开放。历史上隋炀帝曾三下江南,声势浩荡,前来观赏此花,开通了运河每年都吸引着四面八方的大量游客。有时人山人海,前来欣赏琼花,琼花开放的时候像雪一样夺目,像玉女般动人,伴随江南的蓝天白云、绿水青山生生不息。

行香子·初涉江南

　　一宿兼程,阳光照醒,西湖美,红叶粼粼。蓝天高鉴,碧野扬鹰。浴池州风,杭州雨、温州明。

　　山色如画,水泽如屏。江南天,丰收年龄。一时故乡,仰天际长,江花乱,高云青。

【题解】

　　老家秋收登场,在我们那个年代都必须外出打工。我们一行三人早上搭车到了县城,傍晚时分,具城的车子出发一夜兼程,经过了池州、杭州,第二天太阳不高的时候到达了温州。

　　在阳光的照耀下,车子穿越了从未见过的无数风景,红叶粼粼,蓝天高鉴,碧野扬鹰,山色如画,水泽如屏,啊,江南第一次进入了我的怀抱。

行香子·二涉江南

一日兼程，普天一新。东湖美，韶华著春。万苍高鉴。千野雄鹰。经宣州风、常州雨、苏州明。

镇镇如画，乡乡如屏。江南天，入春年龄。第二故乡，是高楼长，云水乱，蓝天青。

【题解】

我到了退居二线的年龄。有幸伴随孩子举家兼程来到了美丽的江南。经过宣州、常州、苏州，华灯初上时候，来到了昆山。

那沿途的风景是镇镇如画、乡乡如屏，水天山色，普天一新，高架桥上密集的车流，滔滔长江奔腾的波浪，现代城市，繁华景象第二故乡，人间天堂。

江神子·花亭湖雨景

南阳山下未曾停。多少人。乘汽艇。朦胧前行,穿梭如燕影。北边候客像白鹭,雨打着、东风襟。

忽闻南岸又笛声。万分情,春正蕃。水天一族,茫茫柳丝腾。隐约湖面渐点滴,终不见、水风清。

【题解】

南阳山下的春雨还在继续地下着,一批又一批的候客打着各式各样的雨伞,有的穿着白色的襟子,远处一望,就像一群白鹭相聚着。湖上的汽艇就像燕子一样来来回回地穿梭如织。

北边汽艇还没到南岸,南岸的汽艇早就驶向北边,就这样在湖面上画出了一道风景线,隐约看到湖面落下来的雨滴终不见了,与水打成了一片。

菩萨蛮·理发

　　松蓬散发卷帘入。水前香汁横波溢。电齿发清歌。春夏几曾何。

　　额上绪还乱,眉上肝肠断。剪落无限虚。玉梢满汗珠。

【题解】
　　一头蓬松的散发进入理发店,理发店师傅将你头上的灰尘杂质洗得干干净净,电剪刀发出的"吱吱"声音像唱着歌一样。一年四季总要进店几次,额头上的思绪还在乱着,剪下来了你身上长着的东西,本就有些心痛,但留着又感觉有些不舒服。经过一番折腾,满头湿漉漉的,身心轻松了许多,人也亮丽了许多。

荷叶媚·荷花

　　曾奈何污泥。从容地、保持冰清玉洁。重重照野下,上善若水。要清清白白。不奢望。

　　贞守日与夜。言多不在语,牛大不在力。心宽放,须其去、清香千娇处。恭恭颜色。

【题解】

　　荷花与生俱来就长在污泥里,没办法,只要自己的身心不被脚下的环境污染。在大环境中,只要保持乐观向上、清静的心。

　　本本分分、清清白白、堂堂正正地过好每一天,持之以恒,保持本色,自然会得到公正的待遇,只要不心高气傲,自然是清香坦荡。

江神子·艳秋

秋菊家在红叶山。大溪间,小阳天。芳蕾满满,频频小腰弯。十里天然浓密日,惊艳唤、幽香漫。

多酿美酒与君还。胜春冠,霜天烂,蝶儿起舞,逐鹿绿潭畔。花开西楼玉散也,贪杯曲、醉朱颜。

【题解】

秋天到了,农家田里的五谷杂粮也秋收登场,屋后的小山坡上的小树叶也长红了,河水边的菊花也壮实了,满满的花红蕾,也不断地下垂了。

这方圆十里到处都是它的身影,熟透了,花开了,四散幽香,采摘的人们成群结队,市场上有收的,也有自用的,是人们欣赏的上乘品种。

瑞鹧鸪·村姑

南阳山下小村姑。朱舰红船过亭湖。秀发未吹,迎风飘飘洒。紫襟先已帛帛幅。

扑面桃花吹头舫,手舞清波丝缕。耀眼全环悬,舟边垂。蓝天高鉴腾弦臾。

【题解】

亭湖北岸,南阳山下,和我们一起乘汽艇过亭湖的小姑娘,汽艇开足了马力,不用风也能把她的秀发吹得向后飘起来,她身上的襟子也随风吹得一颤一颤的,扑面迎来的风吹在船头,吹在面似桃花的脸上。醒目的耳环向小船垂下,给同乘的人们增添不少雅性和福气。

昭君怨·梧桐

烟花三月东吴。移寄故乡梧桐。扬子姑苏间。南北天。

一地又还一地。芳草落花残迹。残迹遗西楼。梦东流。

【题解】

虽然离开了生活了五六十年的田园家乡,从一个地方又换了一个地方,但尚未完成的愿望,没有被灯红酒绿、风花雪月淹没。闲暇时候,挑灯夜战,坚守自己的信仰,爱好自己的事业,坚持不懈地弘扬传统文化,以苏轼、纳兰容若为代表的词人,其词境界之高,不是一两日、一两年能吃透的。离实现梦想还是那么遥远。

昭君怨·梧桐

校冷芳香初中。枯黄半世梧桐。止断青云梦，苦无天。

欲罢又还未罢。而今发花雅趣。雅趣再复苏，绿油油。

【题解】

孩提时代被大家公认为是一个学习的好苗子，十年动乱时期，由于出身有问题，被隔在高堂学府的栅栏之外，报国无门，没有接受高等教育的机会，只能在农村摸爬滚打，但是热衷于学习的热忱没有改变，换一种方式继续学习，此志不渝。坚持到底，如今的劲头还是那么充沛、旺盛。

少年游·菊花

　　去年对酒红叶下,赏秋色菊花。今年当时,菊花秋色,举杯久不下。

　　柳梢一轮新明月,路旁林昏鸦。远处农舍,几缕炊烟,清泉影相斜。

【题解】

　　去年秋天,到僻静幽居的地方欣赏秋色菊花。今年在和去年差不多的季节来到同样的地方领悟菊花秋色。那翩翩起舞的花蝴蝶在小竹林里随着东风一起摇曳,那小池边嬉戏的鸳鸯是那么甜蜜,秋风吹透的红树叶子,粼粼闪光。菊花香飘四溢,使人陶醉,举杯久久难放下。到了傍晚,明月当空。老鸦开始工作。远处的几户人家,倒映在清泉之中,美不胜收。

少年游·小河

一条小河流山外,卷雪似江花。心向大海,江花似雪,久不见还家。

背负着千古明月。收放万川沙。隐藏着了,多少飞燕,上善低处斜。

【题解】

我们老家的大山深处,有一条古老的小河,沿着绵延起伏的山流出了山外,汇聚到长江,终极目的是大海,再也回不了老家。我们老家小河的河水奔流经久不息。世世代代养育着两岸儿女,记载着多少风流故事。我们老家的小河孜孜不倦、甘愿奉献的情操,永远铭记在我们心中。

卜算子·生花

姑娘嫁江南、娘家江北好。南北自古同，三朝应须早。

还与江南人，共籍南北了，菜籽落地生花看，成家应到老。

【题解】
中华人民共和国成立以来，南北方通婚的现象越来越普遍。有姑娘嫁到了江南总还是觉得生她养她的老地方好，尽管南方、北方都有结婚后走三朝的习俗，再者改革开放后，高速、高铁随处可见，十分便利，不受地域局限了，南北方人通婚成家立业可就是天经地义的了。

卜算子·老已

江南在江南,本邑皆多好。水土自古同,收放自如老。

还与前辈人,共班两月了。皖乡异客车少看,当班急迟早。

【题解】

我生长在农村,过了几乎一辈子。老来进城换了新的环境、新的工作岗位。有好长一段时间不适应,特别是上晚班,通宵熬夜,疲劳困倦。在老同事的带领下专心致志地上了几个月的班,渐渐掌握了一些技巧,真心实意地想把自己融入当地市民中,成为市民,但是要经过一定的努力和时间的积累。做一个合格的市民、合格的工作者那就不错了。

卜算子·珍惜

　　北客到江南，生就江北草，苏皖自古同，适应应还早。

　　不曾去年人，第二故乡好，车流人乱云水看。只惜容颜老。

【题解】

　　皖西南大别山深处的老龄人，刚来江南，人生地不熟.，受到好多局限，就是在交通规则方面，好多方面也是分不清的，甚至于东西南北方位都找不着。先做了半年保安，小区里面的几百辆车的车牌号在相当短的时间内能熟记于心，但什么车子，车子的主人住在什么楼号，要记住是相当困难的。后来换了工种，找到了得心应手适合自己的城管工作岗位。现在只担心自己老了，上不了班了。

醉落魄·进城

　　元宵正月。举家迁居车初发,深山回望弥天合。故园佳人,何有归时节?

　　江南水云鲜琼花。异城烟树新明月。第二故乡栖息歇。生在皖西,长作苏东别。

【题解】

　　刚过完新年,我们举家就要向江南进发。我们的车子在熟悉的地平线划过一道影子。回望的时候,远处渐渐不见了,再见了。试想着此次离开,我们何时何月才能回到故园的怀抱?江南鱼米之乡是我们几代人梦寐以求的好地方,更是现代人谋求发展、向往美好生活、安身立命的地方。

卜算子·姑苏新梦

　　第二故乡行，第一故乡乱。老门深锁新门开，迁移浦江岸。

　　卷帘阳已斜，掩卷不能返。回望故乡云尽散，姑苏新梦染。

【题解】
　　随着改革开放的进程，农村大量的剩余劳动力都进城务工。在这大背景下，我们家也同样在农民工进城的队伍之列，举家搬走了。老家再也没有人打理，深锁庭院，经过一日的旅程，傍晚时分来到了美丽的浦江昆山，再也看不见家乡的云和月、人和事。在第二故乡安身立命，谋求发展，跟上全国人民的步伐，实现心中梦想的小康生活。

清平乐·大国

　　导师宏愿，第二国梦圆。世界舞台红旗展，主旨全球连环。

　　今日大国雄风，普惠人类东风，华夏全民撸袖，五星共同高耸。

【题解】

　　我们老一辈的无产阶级革命家担当起拯救民族危亡的大任，组织、领导和带领全国各民族人民推翻了帝国主义、封建主义、官僚资本主义压在全国人民头上的三座大山，建立了中华人民共和国，从此中国人民站起来了，紧接着党又领导人民向富起来迈进。从实行改革开放，到实现中华民族伟大复兴，使全体人民共同富裕，过上小康生活，我们以经济总量世界第二的中国智慧、中国速度，促进整个人类共同发展。

减字木兰花·秋鸿

水云乡里,南国红豆花未蒂。对岸菊蕊。半风半雨半带来。

跃然秋纸。吐尽幽文与雅意。鸿案高开。撸袖千回与万回。

【题解】

在物华天宝的江南,红豆还没全部成熟,对岸的秋菊已崭露头角,随着风风雨雨将成为美丽的画卷。那翩翩起舞的蝴蝶,那漫山粼粼的红叶,那自由飞翔的雄鹰,那蓝天里的朵朵白云,那江里撒网的条条渔船,那奔腾的波光细浪,那小道上川流不息的游人,真是美不胜收,万千景象一时半会儿写不完由衷的热爱,一时半会儿也道不尽浪漫情思。美好的大自然与我们结下了深情厚谊。

蝶恋花·红雨

滚滚红尘红美丽，唯有羞红，红人红心红莫及。红容更著红潮水。

红雨难红红血迹，红时谝遇红万里。红梦吹入红楼碎。红雨难洗红颜泪。

【题解】

人世间，最难得的是遇到人生知己，最美丽的是羞红，是瞬间最真诚的流露，意味着已经产生了私密情感，但未能达到预期的目的，受到大环境的影响，或者舆论的压力，处于两难境地或者辜负了对方、是愧对对方的行动表现。克制、牺牲个人欲望，对社会、对家庭负责任的理性感悟，能够抛得下儿女情长，对对方难于启齿的信号传递着互不伤害的友情友谊。

南柯子·天府千山远

天府千山远,灿国万川沙。含苞欲放冠年华。正是寒窗时候,在天涯。

改革开放月,进城已晚霞。霜下堤畔问荷花,不见红杨绿柳,可一家。

【题解】

在晚年进城的时候,才遇到适合自己过一辈子的女人,可惜我们年轻的时候不曾遇到,远隔千山万水,不能成为眷属。在改革开放的年代,许多农村人进城务工,我们从四面八方,像江中的浪花一样奔腾到一起。我们才是一对适合的人,只是我们再不能回到年轻,我们还能补救吗?

诉衷情·心愿

花发忽来梦希冀,枯木偶春思。东流信仰何在,重拾倦阳西。

黄昏后,鸟飞时,风期期。若为心集,更问新篇。向旧篇啼。

【题解】

"人之初,性本善。性相近,习相远。"每个人幼年的时候都胸怀大志。但老天给予的机会各有不同。我的一辈子就是与土地、与生计打交道,读书、看报都成了奢望。现在轻松了,卸任了,心血来潮,怀念起在学校里的一段美好时光,激情在不断地燃烧,从万千头绪中捋出了头绪,传承弘扬传统文学,记载时代日新月异的变化。

醉落魄·茫茫

久别如昨,怀揣幽梦苏杭泊,曾经相遇肩边过,懊悔离愁,皆是向来错。

十年水云休辞却,落花芳草伤沦落,黄昏犹负柳梢约。下弦明月,深望茫茫角。

【题解】

青少年时期就给自己做了一个规划,希望自己将来在某个领域有所建树,虽然荒芜了大半辈子,但仿佛如昨天。怀揣曾经的梦想进入新的城市生活,虽然过去走了一些弯路,也不去计较,保持童贞的心态去挑战自己,挑战未来,"昨夜西风凋碧树,独上高楼,望尽天涯路"。只要自己肯努力,相信会有美好的未来。

醉落魄·姑苏

　　豪门世家。水秀清流湖河下，玉立萧林绿荫边。别墅风华，盎然满紫气。

　　春风芳香遍百花，怀古标格博文化，庑腾幽雅挂藤架。经典景观，出入人潇洒。

【题解】

　　水秀路上的豪门世家小区，只有三栋高层，全部是别墅，这里面居住的高干富户特别多。有的一家有四部车子，南面的水秀公园水流清澈，绿树环绕，紫气盎然。别墅风华，百花吐艳，有仿古建筑、紫藤架、文化乐园、琴琶箫声、假山假石，鸟语莺歌，芳草碧绿，气质优雅，各地口音，海纳百川，文明和谐，美不胜收，是一处经典景观，出入的人都相当潇洒。

江神子·娇容

　　一张娇容怯人看。掩玉面，不擅言。视若至珍。暗藏设机关，远道海角天样远，见天易，见身难。
　　一宿无涯寻万山。梦稍安。望阑干。待到芳香独赏到何年。辞却心猿冀事，无绪间，水连天。

【题解】

　　我们村上有一个娇小如玉的姑娘，心性胆怯，总是半掩着脸。也不爱与人讲话，把自己打理得像珍珠一样，想接近她难上加难，就像天上的仙女一样遥不可及。有时候偶然离个几丈远碰到她都觉得赏心悦目，十分宽慰，要想近距离地打上一个照面，不知道要等到何年何月。打消这个念头吧，风景照样美好。

鹊桥仙·娇雨

十年影子，风情渺茫，时而梦幻娇女，风萧半宿月明中，挥手谢。

时人欲去。犯人浅浪，带去销魂海雨。冷却一段世外缘，娇雨散，飘出何处。

【题解】

十年之前，在江城曾遇到过心仪的女子，在同一个工地打了几个月的工，后来各自回了老家搞秋收秋种去了，再也没有相聚在一块。虽然相处的时间很短暂，但对她的印象还是很深刻的。老板安排我们两个一起单独做的事情比较多，给了我们很多聊天的机会。有人说我俩像磁石一样，一下子就吸引了对方。可现在物是人非，不知道她今天在哪里发财。

南乡子·妇人

　　故园山纵横，不见妇人只见林。空望林中枕寒榻，人人。西风送走东风行。

　　归路断风铃。尽教水云梦不成。一叶扁舟远域处，心心。江花晴时泪不晴。

【题解】

　　主人翁，而立之年结识了一位妇人。后来国家允许大量农民工进城，主人翁随着民工潮来到沿海城市，辗转几十年，冷了茶、凉了人，再也覆水难收，找不到曾经的感觉，物是人非，人去楼空，想重温旧梦，但山重水复没有途径的，以泪洗面也改变不了什么。

诉衷情·小菊

　　小菊初酿美酒坛。坛香满人间,分明霜前幽恨,都向酿中传。

　　樽前玉。风骚馋。英雄前。方休今夜,口口随人,尽数婵娟。

【题解】

　　酿酒离不开菊花,墨客文人离不开美酒,诗仙李白有"斗酒诗百篇"的豪情。菊花带给人们的日常生活增添了美好的气氛,种菊、赏菊、采菊是人生的一大雅性乐事。菊花的用途多样,对于上至政府官员,下至黎民百姓而言,都是上乘植物,菊花随秋天,菊花随美酒,菊花随文化,菊花随人类生生不息,经久不衰,菊花犹如玉女般的身段,亮丽人间。

卜算子·琼花

曾向美景行,风动琼花乱。年年春天这样开,雪域浦江岸。

兴间已斜阳,雅中不觉返。回望紫烟情未散,许久清梦染。

【题解】

清明时节,前往亭林公园去观看玉树琼花,琼花由八朵白色雄性小花组合而成,花呈扁平,形似花环,树冠白如堆雪,神情飘逸,胜斗群芳。东风吹来,迎风招展,生机盎然。赏花时节,周边人头攒动,熙来攘往,八方游客和众多摄影爱好者摩肩接踵,纷至沓来,极富吸引力。一晃时间在不知不觉中过去了,太阳早下山了,也不想离开,回望紫烟般的情景,许久都还历历在目。

渔家傲·十年尽

十年长别芳香尽。西楼淡月凉生晕，明年南雁归期准，归期稳，筑巢门庭身边近。

红豆枝开相思恨。南国水云住人愠。尽教春来莫久困，月下问。千里娟婵照忠信。

【题解】

我们分别十年了，人一走茶也凉了。接下来的日子一个人过得也没什么兴趣。可能明年可以生活在一起，可以来到我的身边。春天到了，红豆也发芽了，长高了，开枝生节，可是还没有来。要么是你在那里过得很开心，忘记了我，要么是不想理我了。我真的好想告诉你，我在这边已经等不及了，不要在那边打算长时间不过来了，不要在那边孤孤单单。我好想你，希望你尽快回到我的身边。

南乡子·玫瑰

　　竹马圈圈骑，围绕青梅看玉蕤。忽见蝴蝶翩翩过，惊飞。竹马青梅合捕回。

　　红襟东风姿。香汗巾纱全无知。迎来风华春催也。冀冀。玫瑰花前约金枝。

【题解】
　　隔壁的姑娘是和我一起长大的，小时候一起玩捉迷藏啊，丢手帕啊，玩得挺欢的。记得那时候几个小家伙一起到人家玩到深更半夜，累了、困了就都挤在一张床上睡一宿。有时候跟在大人们的屁股后头到小山上去放牛呀，捉蜻蜓呀，蝴蝶向我们飞来，身上的衣服湿透了全然不晓得。后来我们长大，也该献玫瑰花了。

南乡子·小菊

　　进城泊苏杭。云海天涯雨沓缈。何日将钱赚够了，还乡。怀柔小菊三万场。

　　当年平台上。温故离肠热。残阳，香发抵过霜风冷，厢房，红颜有泪不能扬。

【题解】

　　我们一大把年岁的人，为了补贴家用去年去了杭州，今年来到苏州。去年在杭州的时候在建筑工地上做杂工。住工棚，吃饭去工地边上的食堂，想吃什么自己打，临时饿了的时候上午和下午也有人卖馒头。今年在苏州，刚来的时候是做保安，一天上班12小时，一周一轮换上晚班，小区车子进出都得抬杆，见人要敬礼打招呼，打卡考勤。心想何时能赚一些钱，回到家乡，继续过起田园生活，了却离别之苦，重入温柔乡。

劝金船·节操

岁月弥合月圆客。一日撮相识,弦来到手休辞却。这平生照得,鸳鸯池上。甜甜戏水年月。附耳孤家叮嘱。小心名节。

步履端庄唇红血。吐齿短音插。即便红杏暗落英。好还是再别。男儿有志,乘着风华时节。成就再来何岁,应有香发。

【题解】

我们的日常生活就是这样,你越饿的时候越没有好东西吃,当你不饿的时候好东西又来了,可是吃不下,又不舍得放弃。红尘中,半路上难免遇到互相喜欢的人,既要顾及双方颜面,不露声色,又要通融心灵,鼓励男儿以事业为重,不要被儿女私情埋没。自始至终,方寸之地,还是会留给你,不在乎朝朝暮暮。

醉落魄·时节

轮下朝发。进城浦江岸时节,故乡悉声熟音绝。唯有一人,犹作车中别。

临行知彼空腹咽。满面春风送人颊。情浓不用纸笺绝。弹在笔中,用作座上说。

【题解】

第一次南下进城准备出发的时候,心想有可能很长一段时间见不到老家的熟人了。唯有一个经常坐我电动车的人,知道我还没来得及做饭,雪中送炭,叫我到她家去吃了好多好吃的,她也觉得送了一个人情留在记忆里,等回去再坐上我的车子再说吧。

思帝乡·三秋

北风嗖,红叶落枝头。天府飘零孀老,挺孤独。余拟将身分与,馨满楼。纵被无情济,暖三秋。

【题解】

寒冷的冬天,树木上的叶子都落满地了,四川籍的一个孤老婆子子女都不在身边。我一有空闲的时候就经常去与她聊天,她也很乐意和我说些家长里短。虽然对她的精神和经济没有什么帮助,但她用的车子坏了,可以帮她修呀,换呀,买呀,她也把我当成大哥一样。尽微薄之力给她带去温暖,有什么委屈也有个倾诉的人。

定风波·春深

众说前时院春深,纷纭红杏出墙群。东风欲来谁抵住。卷去。平生有齿讲不清。

身后故乡添懊恼,休道。一车能载几多情。水云岸上百花乱,英落浦江断肠声。

【题解】

从前在老家农村,人们议论的绯闻比较多,东家长、西家短的,人家要说,有什么办法呢?纵使自己有一千张嘴,跳进黄河也说不清、洗不清的,许多人身后留在故乡的笑柄挺多的,就是用一大卡车也装不下、带不走的。比如说,男主人不在家,别的男人来的次数多了,也是一个事。又如男主人不在家,深更半夜起来开门的次数多了,街坊邻里也认为是一个事。嗨,身在江南,回想起那些往事真是使人难以忘怀。

永遇乐·一记

去年别时,燕子岭上,短暂幽会。一曲清歌,高弦不住,英落千里,夫走一度,孝光已满。冷月清风梦碎,霜雪连,凄然身影,无伊无明无寐。

十年来客,能道使君释意,凭仗念怀。名唤脑海,不识知遇泪。今年何在,高院清禁,电话女主两及。此时看,空廊笺簿,又添一记。

【题解】

去年盛夏去看望了一下人家,互诉衷肠聊了分别之后十年期间发生的一些事。她老公喝多了,一拳将人家的一只眼睛打坏了。两年后,不到五十岁的老公猝然离世。而后她小儿子上女方家入赘又离婚了,身边带着一个五六岁的孙子。真是一波未息,一波又起,是谁都会心痛。她这期间根本过的就不是日子,冷房、冷床、冷被的,孤灯独影,一个弱女子,独当一面,还要为生计奔劳,痛苦疲惫可想而知。十年来对她也只是有所耳闻,自身事务繁忙,加之山路遥远一时半会也无暇顾及。不知者不怪罪，但即使知道了又心有余而力不足，空怀热情。今年同样又想去看望一趟，可她电话号码也没有留，见不到人，连茶都喝不上一碗，空廊笺簿，枉付此行，人家也全然不知道又来了一次"白跑"。

何满子·含情

　　深秋霜天夜长，孤客十睡九醒，云里雾里如何好，久违梧桐长成，穷山沃土甚少，推荐学府落群。

　　农村天宽地广，半世生计浮萍。试问花发可记否，当年路上前行，重拾信仰须速，暮年分外含情。

【题解】

　　每个人都曾有过梦想，只不过实现的时间、途径、方式有所不同，运气好的能青云直上，有的则需要通过时间积累、打磨，要自己去创造机遇。像我一开始就输在起跑线上，再怎么努力还得要生存下去，走南闯北地安身立命，放弃了一段大好时光。到了不愁温饱的时候，才能够去追寻曾有的梦想，去完成尚未完成的事业，时间更加紧迫，分外含情。

浪淘沙·黄泥塝

夕日落西方,暮色苍茫,乱云飞渡没山岗。桥拱倒影蓝天下,长河堤坝。

白鹭柳梢跃,粼粼湖光。对岸太百车辆忙。黄泥塝人好晚景,烟雨村庄。

【题解】

大别山深处,国家建设造就了一个自然幽美的好住处,到了傍晚时分,对面山梁上如血残阳,万道霞光,舒展的祥云款款落下,右边的跨河拱桥天水相照,左边的拦河大堤,高有两米,增添千米湖光。堤岸上,跃居柳梢的白鹭,窥视湖面。对面山梁脚下太百公路上各种各样的车子川流不息,太阳快要落山时,端坐在黄泥塝的人,将这些美景都尽收眼底带入梦乡。

一丛花·思乡

今年初著昆山年。冰雪曾春妍,东风风情人不见,仅微意,柳际花边,千里路长,地远天高。晚阑思故园。

曦来初日半含山。带起淡疏烟。远域空作寻芳计。小燕子,应极争先。飞鸟有情,俗能何况,唯愁枕寒眠。

【题解】

今年是初到昆山的第一年,来之前刚下过一场雪,阳光没有照到的地方,还堆积着尚未融化的剩余积雪。这里风景宜人,就是离老家太远,这么久也没见着一个老家的熟人。上班的时候还算充实,下班的时候不免有些思念故园,清早起来望着太阳慢慢升起,故乡云烟。小燕子你能告诉我哪边的山青了、水暖了吗?只有你能飞到那边,我却不能,愁得睡不了好觉了。

殢人娇·归路

霜天来时,东风红叶无数。清单薄,秋中艳妍。开来便是,染红尘酒侣。方见了,酿造低声说与。

涌动情愁,一季宅炬。人间有,风流烟雾。菊花何事,香抛人别处。醉人断魂牵,寒山归路。

【题解】

霜天来到的时候,东风红叶无数。橙黄橘绿是一年四季中最美的景色。朋友相聚,首当饮酒,畅享乐事,那是人们生活中重要的一个环节。我们的民族是礼仪之邦,谈工作呀,谈生意呀,婚宴庆祝呀,酒文化无处不在。有的以酒尽情表达,醉翁之意不在焉。不欢而散,失去朋友各自安好。

望江南·恋眷

　　人未老,发向柳絮斜。试上望江楼上看,半边春水眼发花。烟雨暗千家。

　　千里后,视力却是差。休对高坛思纸薄,且将灯火莫懈暇。恋眷趁年华。

【题解】
　　人还没有那样老,头发却有些花白。试想钟爱写作,曾经投递了一些稿件,都无人问津。很有可能是功底差,只能暂时放弃,埋头再从某个领域,从头开始,深耕细读,吸取精华,掌握技巧,讲求对仗修辞、逻辑严紧、布局融洽,或自然豪放,或婉约柔肠,趁着年华下功夫。

望江南·灯火

暮已老,灯光几时明。乱云飞渡夜未稳,卷帘风软罗丝轻。窗下乐升平。

微风过,何处不催静。百望无云满天星,城头深处鹁鸠鸣。掩卷心事沉。

【题解】

夜已经很深,灯火不知道还能点多长时间,窗外天上的云还在飞来飞去,确定不了夜有多深。管不了这些,还是继续看我的书、写我的字,津津有味的,窗户上好像有拂晓的风吹进来了,周围都是静悄悄的,再望向窗外天上没有云,是满天的繁星,城头的鹁鸠也在不停地催明。这时候人也疲倦了,眼睛也快睁不开了,但心事还是沉沉的。

满江红·十年今

当年宜城、共载柳,热情洋溢。多少日、风里雨里无处不及。枝头东风吹绿也,与君更向江头觅。城门外,向前几多春,三之一。

建议事,何时毕。城门内,相提并浇水,香汗百出。几年不见,赴密约事,曾前树下皆豪逸。十年今,棵大好乘荫,空留迹。

【题解】

当年在宜城,为了证明我们的友谊,我们热情地相约栽种了一棵柳树。多少日子,风里雨里都有我们的身影。树枝上也被东风吹得长出了绿叶。无论是出城也好或是回城也好,我们都要绕树转几圈,浇浇水、培培土,累得满身是汗液。几年不见,来到树下乘凉想事,十年后的今天,树好大哟,空留下她曾经的足迹。

临江仙·超然

半世浮萍都过了,不为生计追游。三分好逸一分愁。春头雨逐阵,冬鹿柳花球。

生前有过须自责,身后超然千秋。不知人世苦厌求。名利不拘束,肯为闲愚留。

【题解】

人生的大半辈子即将过去,再也不要为生活忙得日夜不分,开始浸润于文化养老。现在能抽得出时间来看看书、写写字,出去旅旅游、看看风景,锦溪呀、周庄呀、沙家浜呀、阳澄湖呀、上海外滩呀、西湖呀……陶冶情操,开阔视野,不计生前事,但留身后名,把所见所闻记载成册,传与后世,是每个文学爱好者应努力而为之的责任。

画堂春·花亭湖

柳飞燕归风摇波,花亭湖今长河。水舟飞棹去如梭,齐唱梦歌。

深山水云别漾,岸边风日特和。异乡彩云别样多,离去奈何。

【题解】

花亭湖是长江北岸大别山里的翡翠明珠,是一九五八年开始兴建的国家重大水利项目,灌溉区域有三个县,是现在重要的旅游景区,也是山里到山外的重要水路运输要道。那里有西风洞、五千年文博园等重要景观景点,也是诗人朱湘的故里。花亭湖气势恢宏,是诸游客眷恋不舍之地。

阳关曲·琼花

江北才到浦江人,岸上琼花正著春。
使君莫忘紫烟处,还作东风吹又生。

【题解】

民间流传着隋炀帝三下江南,曾亲赏玉树琼花的传说。晚生暮年有幸,到这苍生福泽之地、举世无双的琼花玉树周边。我们来了差不多有两三个月之后,亲临宝地,欣赏琼花。琼花盛开形似堆雪,缤纷夺目。来自四面八方的游客人山人海,一年一度,今年的芳香散尽之后,来年的东风吹来,又是美不胜收。

阳关曲·三元

上元花市灯如昼,中元萧疏人间愁。
下元圆月中秋尽,玉盘掩卷又银汉。

【题解】

　　天上的月亮一年四季有"三元,上元是正月十五,人们庆祝新一年的生活开始了。人们玩花灯,载歌载舞。中元是七月十五,人们会烧些香纸。下元是十月十五,民间有吃当晚炒的黄豆,来年就不会害眼病的说法,也有饮酒赏月的。

蝶恋花·菊香

平生只是好一口,不爱黄金,只爱菊香酒。不到阳春花未就,眉尖已作馋颜皱。

忽有蝴蝶随风过,瓣蕊花开,忘却相思瘦。红叶重圆雅兴否,方休一醉解千愁。

【题解】

日常生活中,有很多人离不开酒,更是离不开菊花酒。爱好美酒的人常与酿造美酒的香菊密不可分,当年盛开菊花的季节过去,又盼望着来年菊花盛开的季节的到来,开启酿造新一轮美酒的旅程,尽情享受,一醉方休。亲人朋友团聚,礼尚往来,婚庆宴席,都与美酒分不开。

洞仙歌·村姑

　　余阳将尽,万山收冠后。明月远含几时有。好村姑,约时柳梢枝头,仍更是、玉面清英雅秀。

　　花亭湖河畔,幽会佳人,唯见风韵袭人欲,断肠日分散时,诉向谁倾。多少事,别样清瘦。又莫是、伤寒逐君来,便吹冷眉间,一脸春皱。

【题解】

　　太阳快要下山的时候,万山都进入了夜幕,有一位好妇人约好在月亮出来的时候相见。见到她,她还是那么漂亮,在亭湖湖畔,相互靠近,她的风韵还是那么勾魂。最痛苦的是分别以后,相思与谁说去。又察觉她心事重重,那样清瘦。又可能是遇到了寒风的袭击吹冷了她的眉间,一筹莫展。

千秋岁·燕子

柳芽未绿,早有飞燕沐。复地逢,昆虫扑。长尾似剪刀。独倾农家屋。身不重,催春情有含泥馥。

耕夫疆域,花际花期酬。淡云乱,高天逐,飞向南方天,此会应难复。须明年,庄园又暖挥银锄。

【题解】

春天还在梦乡的时候,早就有燕子飞回来了,在田园里飞来扑去捉昆虫,身子轻盈,尾巴长长的,喜欢在人家的屋檐下搭窝,催春含泥。哪里有农民,哪里就有它的身影,它与农民同甘共苦,成为真正的朋友。万花飞谢的时候,天高云淡的时候,它又要飞向南方去过冬,一时半会儿不会回来。要到明年暖和的时候,在开启新的一年的辛勤劳动时,它才回来。

蝶恋花·夜景

　　昨夜星星云中了。啼鹃飞时,绿竹随风绕。岸上柳绵吹又少。约人幽会凝迟早。

　　河东人家河西道,河西行人,河东看不到,一时心意难两照,多情却被无情恼。

【题解】

　　昨夜出去散步看不到星星,啼鹃飞起来的时候,绿竹也随风晃了几圈,岸上的柳絮也落得差不多了,那边的人儿到底还来不来。河的东面有一条道路,河的西面也有一条道路,河西道路上的行人看不到河东道路上的行人。走来走去,走去走来,还是没有办法,嗨,我是多么辛苦哟,老天不给人机会。

瑶池燕·春怨

暖风阵阵,难入困。寸寸,一时有多热闷。无人问,偷啼叹春,绪难定。

相思情。打开窗门。月光明。何人能来解温。低云鬟,眉峰红晕。娇和恨。

【题解】

暖春的时候,天气比较热,睡不好觉,吃不好饭。也没有人过问你的事,心情不快乐,有些烦躁。相思起,打开窗户看一看,月光是那么明亮,就是见不到心中想见的人来缓和一下不安的情绪。这是自己的一厢情愿,感觉有些羞愧,脸蛋有些发烧,还有思而不得。

南歌子·中秋

　　中秋日小西。无明又有明，万川萧疏此时情。不见银汉浩远。玉盘沉。

　　尽夜守碧野，无人赏月成。且将扫兴琢琼花。乃是多此一举，乱弹琴。

【题解】

　　今年的中秋，太阳下山了，月亮忽暗忽明，天空不是那么爽朗明快，给人一种忧闷的感觉。天空略略带一些雾气，看不到那么远，月亮也是沉沉的。一夜就守着这样的天空，没了那个能看得见的月亮。赏月的雅性意欲未尽，回来就雕刻琼花。真是与赏月无关，乱起来了。

蝶恋花·夜景

春著农家燕到了,百花飞时,红杏花枝俏,斜阳光明渐见少。一时银汉几时到。

窗内明月窗外照,窗外光环,窗内佳人娇。掩帘高开向今宵,多情却被无情耗。

【题解】

春天到了,农家的小燕子也飞回来了,百花也开始奔放,红杏的花开得好看极了。太阳渐渐下山了,一时不知道那美丽的天空几时能到来。房间里月光是能照得进来的。房间外的月光与房间里的佳人美丽的面容是融成一体的。我把室内窗户的掩帘挂得高高的,今晚,就这样等待着什么。

生查子·花亭湖临眺

　　玉望三河接，望邑九城通，水流大坝外，山色有无中。

　　宜城浮前浦，波澜长江空，花亭湖环日，红叶醉东风。

【题解】

　　花亭湖的上游包罗好几个县域，承接好多条河流的河水，下游就更宽广了。水经常往大坝外流去，向远望去若隐若现，经过不停地奔流最后流入长江，大海是看不见的。环游家乡花亭湖的时候，那陶醉在东风里的万山红叶，倒影在碧水里，如置身仙境。

定风波·春晚

窗外丽丽明月光，帏内悄悄散幽香。门隙吹入春风晚，窗卷。三十二十微清凉。

远域只身情独钟。何用。芳草落花意深长。百世天衣牵一夜。灯下，千年余影滞苏杭。

【题解】

那一夜窗外月光明丽，室内佳人静悄悄，散发着幽香，门隙里吹入的春风是那么满含柔情蜜意。过往二三十年的余温稍有些消退。现今在很远的地方一个人只能回味那曾经的短暂时光。有什么用呢？每年看到花落花开都会勾起回忆，那是上苍给予的一夜情缘。灯下，只有记载成册，留念于来世。

长相思·文博园

南阵阵、北阵阵,拥向文博看风情。游人群连群。
东纷纷、西纷纷,五千文化满亭亭。烟雨江南城。

【题解】

江北山城打造了一处五千年文博园,吸引着大批南来北往的游客阵阵拥向文博园看风情。游人一串接着一串,东面西面纷纷沓至。到处都是人潮涌动,那热闹的场面不逊于江南的烟雨城市。

蝶恋花·夜景

农村向往城市好，作骨头①时，乡音情未了。归期目前谁知道。山里雷雨山外飘。

千里遥遥远家园，山外春讯，山里几时到。长虹作杆两处挑。一关银汉锁今宵。

【题解】

乡下人常向往城市，觉得城市好。当真的来到了城市，又会有些不适应，当地的方言听不懂，工作上受影响，有局促，还是觉得乡音好。既然来了也不知道什么时候回得了乡下。这边下起了雷雨也觉得是山里飘出来的，这边的春天下起大雨时，到处都是水，山里不知多长时间能收到音讯。只有天上长虹看得见两地。夜里天门锁起来了，什么也看不见了。

---

①作骨头为苏州方言，体现苏州女人美的特色。

鬓云松令·幽香

要来霜,要来雪。宜城一别,长情十年隔,不知昔人娇艳许。独自村头,今又无明月。

北风吹,何曾说,没有温度,霜雪满松柏。待得梅花两三点,蓦然幽香,转身无人物。

【题解】

天寒地冻的时刻,江城一别,十年再没有看见过。也不知道曾经相识的人过得好不好、模样有没有改变。我一个人独自站立在村子的路口,任凭北风劲吹,身上吹得凉透了,天上也没有月亮,雪花慢慢飘上松柏。等到梅花刚开出两三点的时候,蓦然,仿佛相思的那个人,眼前一现,也带来了曾经的幽香,可一转身就找不到人了。

荷叶杯·绵绵

相识一人是谁，亚男。抖出我的心。抛下长情十年整，男儿报国门。

没有丰硕成就。虚度。盼着有一天，全心交付再当年。情意深绵绵。

【题解】

从青少年时代起就钟情于文学。它就像悬挂在高天的月亮，那么幽雅清丽，就是太高太远。既没有门路，也没有成就，放弃了很长一段时间，就这样混过去了几年，盼着有一天上苍能给予时间和机会，哪里倒下再到哪里爬起来，再去积累个几十年，只要功夫深，生铁磨成针。

落花时 · 消息

浙沥清凉日落西,执手攀谈。说来投机凭栏立,去拥抱,也依依。

各有缸盖羞滴滴。共事数月,忽卷行李各东西。十年里,无消息。

【题解】

一个秋天的夜晚,我们工地上的一群工友出去逛街,走着走着,其他人都溜走了,我拉着她的手,谈了一会儿,她很投入,我们就停下了脚步,靠着栏杆,继续聊着家常。看她站得太久了,有意向她靠拢,她也没及时反对,只是羞答答地说:"我们不能造次。"因有一些倾慕对方的感觉,我们相处了几个月,忽然有一天大家就分开了,从此再也没有消息。

浣溪沙·套口

江边春山江边绿,江中渔火江中悠。倒影长江天际流。

碧海蓝天含笑意,拍岸惊涛舞轻舟,骇浪滔滔不胜收。

【题解】

长江上的套口渡口,那天下午我们是由西向东渡过的,红日高照,江西边的山挺拔高大,倒影在江里既像在移动,又像没有移动地随着长江向天际漂流。一天川流不息地输送着两岸的游人旅客,无风也有三尺浪,拍向岸边,惊涛轻舞托起小舟。小舟在惊涛骇浪里由近及远,渐渐消逝在天际。

浣溪沙·旅游

辞别彭泽几日游,驱车来到东渡口。九江大桥车如流。

不到鄱阳非好汉,隧洞灯火亮悠悠。温故几时月如钩。

【题解】

我们一行人来到江西,辞别了彭泽,几小时车程来到了东渡口。九江大桥上车流如织,历史上兵家曾大战于此的鄱阳湖,沿途的景致数不胜数,恐怕回到家天上的月儿可能要如钩了。

清平乐·芒花

满山芒花,萦絮绕天涯,爷爷奶奶争采摘,忙热万户千家。

漫山遍野年年。艳压群芳秋天,不曾松柏耸立,草本风光无限。

【题解】

大别山区,天气最热的时候,芒花就普遍成熟了。年年的秋天,漫山遍野,许多老年人都争先恐后地采摘个不停。不需要本钱,也不需要种植,是大自然赋予人类的天然宝库,人们只要付出一些劳动,上山去采摘,就能赚到不少的生活费。

红窗月·精明

一往情深,未近人,故作精明。那高深城府,莫测心境。当年袭倒西施貌下人。

沉鱼落雁,销魂生,心绪难定。浅黛幽香薄。落地红襟。带入梦乡依偎入银屏。

【题解】

曾经遇到过一个相当倾慕又很难靠近的人。从来不想理会别人,别人也猜不透她内心究竟想些什么,以前就听说有人在她那儿曾经碰过壁。她的相貌和身材都吸引人,曾经与她搭过讪的人,都久难忘却。她一身自然装束,落地的襟子,只能带入梦乡。

如梦令·吆喝

边陲重镇弥陀。临花亭湖长河。大桥英姿处,商业融通皖鄂。

吆喝、吆喝,赶集人流如梭。

【题解】

古老的边陲重镇弥陀,位于花亭湖长河的上游。横跨长河现在建起了一座大桥,贯穿东西,与湖北接壤。每月有三天赶集日,前来二环路赶集的人川流不息。

菩萨蛮·孤雁

寒风吹散青梅雪,花发犹恋桃花月。人好莫离阵,心好莫离行。

无端听退角,枕畔红冰落,花轿一声嘶,孤雁竹马薄。

【题解】

儿童时代一起玩耍的青梅竹马伙伴,被无情的寒风吹散,老来还是念念不忘,惺惺相惜。我们应该是不会分开的,也应该不会各走各的路。她不动声色地离去,使我一时难以接受,她出嫁以后我便是孤身一人。

虞美人·十年春

小桥流水十年春,飘过多少云。遥望南来北往雁,可晓关外飞鸽传书人。

怀里永远有深情,我的爱不停。曲曲柔肠的音韵,带着忧伤快乐和高兴。

【题解】

在我们村庄前的小桥下、小河里一块长大的青年男女,有的去了远方城市十几年也没有回来过。这期间也不知飘过了多少云,经常南来北往的大雁啊,可听说关外有寄信回家的人,家乡的怀抱是敞开的,从来也没有关过。家乡对这些游子寄予深情与厚望,也带着不舍的忧伤,希望游子能看到家乡的发展并为之高兴。

西江月·情怀

　　已是时迁南下，还在当年境中，十年不见成老翁。一幕情怀心动。

　　莫齿衰颜长守，仍歌杨柳春风，休言人走红楼空，未出一乡清梦。

【题解】

　　人已经生活在江南，但是梦境还在山区老家，一转眼自己成了老年人了，但在老家时就已经萌生但尚未完成的心愿，一直还装在心中，即使牙齿掉光、皱纹满面了还是要始终坚守。赞美改革开放后发展的光辉业绩，不要让人家说人走了，就看不到烟火。但是我可以告诉你，在我有生之年还是有希望的。

虞美人·十年隔

十年相隔久不见,人在山那边。这里春天花儿鲜。岁岁群蜂成群花蕾恋。

一年一景好生机,切乎莫贪闲。梦里重出昙花现。触动春心哽咽对谁言。

【题解】

十年了,你没有见到我。我告诉你,我在山那边,这边像世外桃源一样,春天里花花草草十分壮观美丽,这边还有山涧的流水,小山林中小鸟儿唱的歌也很动听,只要你不贪闲,在这边就能过上衣食无忧的生活,只是每当夜晚你出现在我的梦乡里的时候,我有满腹的话难以说出来,也不知道找谁说去。

寻芳草·元夜

　　元夜怎生过？花灯伴，鼓乐和吟。妇幼满街道。挤前后，看热闹你来吗？

　　一宿灯开头，灯走后，昔人何处。我多愁许久梦一场，住伊庄伴伊娘。

【题解】

　　今年的元宵夜晚怎么过？有花灯相伴，鼓乐和吟。观看花灯的人太多，前前后后挤满了街道。玩花灯的人和看花灯的人都十分热闹。你来了吗？一夜从看灯的开头到看灯的结尾，都不知道你在哪里。本来这是能看到你的好机会，但偏偏没有看到你，我心里很不痛快。过了一段时日，晚上做了一场大好的梦，梦见我到你家住下了，陪伴你不走了。

浣溪沙·雪梅

　　冷艳梅花寒自香,冰清玉洁独成章。初涉天桥霜和雪。

　　难耐寂寞遗素妆。一年一景暗幽会。片片仰天久萦绕。

【题解】

　　大自然的梅花和雪,每年都有一次少不了的幽会。梅花的冷艳寒香,雪的冰清玉洁,二者相互倾慕,各自成章。一宿东风过后天桥上下满了霜和雪,一年来装满了的情思,毫无保留地向大地倾注,梅花在万花收冠的时节勇敢地站出来独自开放,为神州献艳妆彩。梅花和雪有一个共同的心愿,东风吹来,不停地在天空中飞舞萦绕,开启来年的春天。

忆王孙·学妹

　　红颜相继已发霜。学妹庄上早来往，笑话当年秋波梦，心上娘。薄妆浅黛仍芳香。

【题解】

　　我们从二十世纪六十年代开始启蒙，到现在已经有半个多世纪了。当年走进我心里的第一个学妹，对她的印象一生都非常深刻。学妹当年经常带我到她家去，当年流行的看电影呀，看戏呀，我们都手牵着手同进同出，当时以为"我们就是天生一对"。心上的姑娘，你曾经的自然妆仍然历历在目，芳香常驻。

忆王孙·初恋

四十留恋渐发霜，青梅竹马伴成长。而今不解东床梦，低头见。抬头祝福与对方。

【题解】

现在已经过去四十年了，各自都有自己的儿孙了，但对于第一个在心里留下印象的人，可能都是不能忘怀的。虽然二十世纪娘家的规矩严，但天意娘家人是看不住的，一旦机会成熟了，我们是不会错过的，可是到现在我也不明白，你为什么要离开我。好吧，我们平时低头遇着的时候，抬头祝福你吧，只要你过得好，我也就心满意足，相爱的人也不一定就要朝朝暮暮。

一络索·宜城

宜城灯红酒绿,花前月下,春风陶醉香满楼,振风塔,伴江流。

悦尽沧桑荣辱,风采依旧。高跨斜拉铁索挂,大桥新,并千秋。

【题解】

位于长江边上的宜城,历史悠久,灯红酒绿,花前月下,出来逛街的、喝酒的人络绎不绝,好不热闹。宜城的振风塔,是宜城重要的古建筑和景观。不知道经过了多少朝代,还是那么伟岸,依旧有那么多人前来观光。近几年来,宜城的长江上又架起了一座现代化跨江大桥,与振风塔相望而立,造福千秋。

清平乐·弥陀

一代天骄,朱湘四子少。饮水长江付东流,风采依旧崇高。

斯人故里弥陀,文邦气息妖娇。"百草"诗词学会,晨曦东方拂晓。

【题解】

"清华四子"之一的朱湘就出自我们大别山区古镇弥陀的百草林。可惜中途饮恨长江。虽然不幸故去已久,但斯人的风采依旧,他是我们弥陀人的骄傲。近年来为纪念斯人,弥陀镇成立了百草林[①]诗词书画学会。并将通过不断的努力,将百草林诗词书画学会越办越红火。

---

①百草林就是斯人朱湘小时候生活过的屋场。

红窗月·界岭

一方之娇,重镇边。弥陀界岭,那潺潺流水,碧海蓝天。巍巍桐山虎踞龙盘前。

河畔走廊分两厢,映辉其间,花亭湖相连。烟雨村落,十里田园风光话无限。

【题解】

我们的弥陀界岭是近年来新农村建设的首选之地,省委主要领导几次视察。这里山清水秀,民风淳朴,流水潺潺,蓝天碧海,挺拔的桐山天天进入人们的视野,河岸上建立起的两厢走廊倒影在绿水间,似动非动,与花亭湖长河一脉相连,走进这里的烟雨村落,一时享受不尽这里的无限风光。

清平乐·白洋

美好白洋，花亭湖畔上，巍巍桐山东风雨，两岸绿竹垂杨。

状元曾经故里，江南鱼米之乡，太白金光闪耀。儿女人间苏杭。

【题解】

白洋历史上俗称黄金坂，主产粮食。记得大集体时期二十几户人家就有两个大稻场，稻场周边堆满了高一丈多，直径也有一丈多的锥形稻子堆，打下的稻子金黄黄，左一大堆右一大堆，真让一些地方田少的人们看得直流口水。这里是大别山区的人间天堂，曾经有状元读过书的地方现已获批省重点示范基地。

红窗月·淡定

　　一往情深，那个人，故作淡定。行云流水，谈笑风生，当年美倒石榴襟下人。

　　倾国闭月的羞花。含含苞苞，给风流小子，杆下生花，此札寄语超脱爱升华。

【题解】
　　一生中最钟情的那个人，表面看起来淡定得很，说起话来滔滔不绝，走起路来如风送云，灵便得很，倾国的闭月羞花，当年倒在她的石榴裙下的人不在少数，她看起来也不居高临下，但真正能入她法眼的人那是万里挑一，很多甚至不请自退。这样的人能不令好奇好胜的小子写下些章页，去以另一种方式实现爱的升华？

南乡子·一段

奈何又何声,只恨西风吹无情。一段当时与相识,人人,同路只留半盏灯。

阴雨和晴明,林下风气伴孤身。泣尽风檐连夜雨。心心,带着曾经入沙尘。

【题解】

在人生的半路上,碰到一个相见恨晚的人,当时能与她相识,也不知是哪辈子烧了高香修来的福,可惜只相处了一段短暂的时光。走的时候什么也没有给我留下,只留下半盏灯,从此我就过得没精打采的,立也不香,卧也不香,饭也不香,水也不香。就这样心里记挂着她,恢复了以前的生活。

青衫湿遍·桂花

　　十年翩翩,绵绵缠绕,芳香不忘。当年宜城约会,听涛声,依偎城墙。话初开,胆小怯两旁。仍将就,牵手又拉钩。长相守,尽情思量。莫道前去路短,但愿来路方长。

　　同舟共济一路,风雨消受,互知痛痒。并摘桂花插上,风摆柳,阵阵幽香。半载红襟,清吹张扬。道风情,斜阳照玉面,红韵嫩,暗暗端详。庭前满树桂花,难禁寸断柔肠。

【题解】

　　曾经有过一段交集的人,十余年来她的身影还在脑海里翩翩起舞,缠缠绵绵的。当年我们躲在城墙的一个角落里初次约会,我的话还没有说出口,就看见她面红耳赤,她胆子很小,时不时地看向两旁,但终究着没有走开,我们拉起了手,拉起了勾。我们畅聊着以前的事,商量着现在的事,谋划着未来的事,只要是我们一路走来遇到的事都要一同消受。院子里开满了桂花，随手摘一枝插在她的头上，美极了，走起路来一摆一摆的，加上她的发香分外幽香。身上穿的襟子，风儿一吹，忽飘忽飘的。斜阳照在她脸上的时候，又红又嫩的，细细打量她在庭前桂花映衬下的脸庞，十个男人有九个难以自制。

于中好·老身

二十几载梦轻飘,一表人才江波消。几回洒干江边泪,可怜魂魄千里遥。

失之痛,黑发少,花甲依旧奋蹄早。霜叶不落青叶尽,只缘老身没危桥。

【题解】
二十几年的青壮年时光像梦、像风一样,忽一下就过去了,潇洒的年龄在风雨中不断地消磨,几回在江边流过泪,离家千里之外奋争过。曾经的痛楚,使黑头发渐渐少了许多。即便是到了六十岁,也还是人生意义上真正的开始。不去羡慕某些人的成就来得太快、太早,只要胸怀的志向永不消沉,只要保持身心健康,相信只是时间长短的问题,皇天不会辜负有心的人,最终是能达成心愿的。

临江仙·听听

昨夜感情曾有约,不能贪图非分。今生点错鸳鸯人,来日共室寝,来日共窥灯。

一段美好的曾经,昙花一现无情。寒霜不甘悄无声。听听回音处,风断护花铃。

【题解】

我们曾经是相当合得来的人,只是有约在先,我们的今生算是点错了鸳鸯谱,我们只能来生相守。你想要多少情,我就有多少情,就给你多少情;我想要多少意,你就有多少意,你就给我多少意。虽然我们今生没能在一起,但对来生的许诺还是很吸引人的。虽然相处时间短暂,但于无声消失还是心有不甘的,经常去与她相见的老地方,听听有没有回声,可惜被风吹断了护花铃。

菩萨蛮·秋雨

君问秋雨几时强,十年秋池已溢涨,满满破堤防。滔滔下河江。

万物眷土地,百鸟恋山林。游子依偎岸,爱你没商量。

【题解】

如有人问秋雨几时候下得多、下得猛,我可说天上有十年的秋雨,地上没有十年的秋池,是装不下的,会流向大海的。大自然的万物都是依赖土地的,鸟兽离不开山林,游子也离不了家,爱你是没有商量的。

菩萨蛮·三十年前后

三十年前物多少,出工无力瘦姑老。秋天好放羊,年外饭不饱。

三十年后到,改革春风扫。贫穷全摘帽,小康生活了。

【题解】

三十年前,生产力低下,物资匮乏,吃不饱,穿不暖。秋收登场的时候还有好日子过,到了开年,好多人家米缸里就没有什么米了。如今改革开放后,生产力提高了,农业现代化了,农村剩余的劳动力可以进城打工了。经过几十年的努力,现在全国已经全面消除了绝对贫困,人民过上了小康生活,全国人民正在为实现中华民族伟大复兴的中国梦而不懈努力。

虞美人·十年别

　　十年相别怨久长,揪心没商量,独影孤灯春秋夜。望穿秋水一念撞南墙。
　　霸王别姬乌江内,贵妃醉酒伤。无意星星伴北斗。有心栽花何时如愿偿?

【题解】
　　十年相别的时间真的太长了,心里确实有些难受。特别是到了每天的晚上,连一个说话的人都没有。望穿秋水也还是看不到她,历史上那些伟大的人都是如此,何况我们这些小人物呢?我真想放下自己所有的事情,背起包袱浪迹天涯也要找到她。天上的星星常伴北斗,我对你是这么热切,何时能够在一起呢?

木兰花令·十年湾

　　去游文博久不见,今游文博人未还。唐宗宋祖风骚客,烟雨满城似江南。

　　初识如水多柔情,未还安全少港湾。靠着连年长相守,追忆当年成凤愿。

【题解】

　　去年我们一起去游文博园,分开后已经有好久不见了。今年又去文博园游了一趟,但她没有来,五千年文博园打造得不亚于江南风光。我们初相识的时候是多么温柔,可能是没有属于自己的小窝,现在只留下曾经相识的空洞场景。就是靠着这一亩三分地,来成就追忆的愿望。

于中好·十年剩

别来多年难启程,唯恐惊动心上人,多情多累江南下,碧海连天伴星辰。

团圆月,分外明。月映江花酿多情。孤身孤影半夜灯,茫茫阴雨和晴明。

【题解】

为了使她的生活能过得平静一些,多少年来我都没有去打扰她。后来不得不背井离乡,南下进城打工。没日没夜地上班,麻木自己。每年到中秋节的时候总要走出去看看天上的月亮,此时天上的月亮是那么圆,那么明亮,月光映在江花上是那么怡然自在,可我孤身孤影孤灯的,岁月能给予我的只剩下茫茫望不到头的日子。

浣溪沙·不甘心

丰衣足食享太平,饱暖思欲不甘心,柳梢头上月光明。

喜鹊桥上望星星,柳枝树下候人影,喜鹊桥下等约人。

【题解】

物质条件好转,不愁吃,不愁穿,竟生出暧昧之心了,想借此填补心灵上的缺憾。经常去乡村野道约会友人,月亮为我们点灯,星星为我们照明,喜鹊桥上为我们腾地,柳枝树下为我们藏人,柳枝头上为我们传信,喜鹊桥下为我们约人,这段时间,这些场地,到处都是我们的身影。

生查子·四十年

一线守平安,家国两难兼。携手四十年,花甲情无限。

中秋山万千,月圆浦江边。唯有下共地,唯有上共天。

【题解】

当地习俗,妻子时届花甲,丈夫都要亲自接待前来贺寿的亲朋好友,但寿宴时是春节假期,与我在一线守护平安的时间交叠在一起,我只好致以"一线守平安,家国两难兼。携手四十年、花甲情无限",以词代身庆生,深表对家人的歉意。中秋节的时候山还是那么高,路还是那么远,月圆之夜我人仍然还在浦江边。唯能给我们安慰的是同在一个地球村,同在一个天地里。

浪淘沙·村庄

　　危房改新楼,建设依旧。美好村庄披锦绣。山青青又水绿绿,宽宽道路。

　　村姑亦风流,华灯初上。广场舞内对对扭。全面小康不是梦,梦也长久。

【题解】

　　国家乡村建设飞速发展,农村面貌全新,科技兴农,农业生产实现了机械化,大大地解放了劳动生产力,家家户户住的都是高楼大厦,出门有小汽车,道路通村,硬化路到户,留守的男女老少们,在太阳还没有下山的时候,村村寨寨就跳起了广场舞,全面实现小康不是梦,是梦也长久。

忆秦娥·改革

　　一改革，滚滚惊雷天际裂，天际裂。改写历史，开放学说。

　　中华儿女齐圆梦。经济总量第二列。第二列，一带一路，雄风大国。

【题解】

　　我们中国从半殖民地半封建社会经过多少仁人志士的努力，历经十四年的抗日战争，于一九四九年十月一日成立了中华人民共和国，从此中国人民站起来了。改革开放是一次新的飞跃，像一声春雷，史无前例，改写了贫穷落后的历史。全国各族人民空前团结，四十多年的不懈努力使我们的经济总量位居世界第二，"一带一路"倡议促进世界的和平发展，为人类普惠贡献自己的力量。

浣溪沙·古城

身向天津那畔行，北风呼啸狼嗥声，深秋都市暖气用。

一抹枕巾少有人，半竿斜阳又照城。独灯只影误孤身。

【题解】

在2000年前后，我们随着民工群来到了都市天津，那里的周邓纪念馆，那里的高塔，那里的十八街麻花，是人们必去的地方和必吃的食物。北方的冬天气候特别干燥寒冷，刮起大风就像狼嚎一样，是我们在大别山区从没有听过的。北方的深秋家家户户都是有暖气的。我们民工一干就是几年，一年到头，带不了家眷的，也很少回老家。每到夜晚一觉醒来是再难入睡的，亲人是那么珍贵和遥远。

天仙子·当年桥

　　离别宜城情未了,小菊萦绕伴日消,而今油然望故地,斜阳照,斜阳照。斜阳照上当年桥。
　　重新温故蓝天高,当年红叶东风扫。纵有九九艳阳春,彩云飘,彩云飘。彩云飘下一波涛。

【题解】
　　我们人虽然离开了美丽的江城,但心一直还没有走出来。我们曾经一起出工,一起歇息,一个锅里吃饭,形影不离。我们买好吃的,都总要买两份。我们属于彼此,互相倾心,相见恨晚。现在我们虽然分开了,但她楚楚动人、风韵妖娆的样子成了消失不了的印象。我经常遥望我们曾经待过的方向,斜阳的光芒是能够照到当年的桥上的。

浣溪沙·当头

烟花三月下小楼,小菊邀游下平州。一路开花几时候。

一路沓至男孩过,浅黛溪水亦风流。又是银河横当头。

【题解】
阳春三月的时候,被她邀请到平州去串门,我们一路上走得很开心,过往就像放电影一样。她一一讲给我听:有多少男孩追过她,上了几年学,生过几次病,喜欢什么又不喜欢什么,还有今后的人生打算……不觉得我是外人,也没把我当外人。眼前有一道河沟,她也不管我同意不同意就赖上我背她。再走一两里又是一道大河拦在我们面前。

浣溪沙·玉梦

宜城一别十年整，尽教描素苦与清。拥抱依依那时情。

而今长怀温玉梦，几载东风不歇停。月光依旧天桥明。

【题解】

我们曾经在美丽的江城相遇并相处了一段美好时光。我们一起游历了杭州的西湖，苏州的寒山寺、虎丘民间博物馆之乡——锦溪、千灯石板街、第一水乡周庄、《沙家浜》拍摄基地、古道场，游览了好多名胜古迹和名山大川。虽然十年过去了，但那时的情景如今历历在目。岁月流逝，但留给我一段浪漫的、诗意的回忆。

减字木兰花·束拘

一程无语，轻盈背影入帘许。冀心小赶，向身蓦然红潮雨。

薄妆浅黛，急拨香发掩羞惧。不期迎面，原来红颜亦束拘。

【题解】

我前面有一个很熟很熟的背影，怕惊动她，很长一段路程也忍着不作声，小心翼翼地追上去，快要接近的时候，可能是她有所感应侧身向后回过头来，刹那间猛然看见是我，脸顿时红得像红布一样。热天穿得很单薄，没办法，急忙将头发往脸上一盖，毫无前兆的照面让她吃惊不小。原来红颜也还是有束拘的。

南乡子·姑苏

　　暮年试春游，花发怠慢步便收，能使江南容老客，停留，残辉余热平安守。

　　衰颜所何求，青壮不返已东流，不曾水云乡处冷，温柔，晚居百县第一州。

【题解】

　　晚秋时节，我们随家人一起来到了美丽的江南昆山。经过一段时间的努力，终于找到了适合自己的心爱工作。培训、考试都十分顺利满意，那就是参与城市环境管理，及时上报处理突发事件，排除安全隐患，尽量减少人民的损失，守护一方平安，实现了老有所为、发挥余热的愿望。

阮郎归·向民心

学习三十讲篇来,百姓颜眉开。人民当家作主界,利益权益赖。

保障尽,保证催,纠正作风坏,天下大道人民核。民意民主宰。

【题解】

我们党不断完善自身建设,提出了人民至上,以人民为中心的理念。真正体现了人民当家作主,保护人民群众的合法权益,真正做到了在每一件司法案件中公平、公正,选拔忠诚有担当的人才,组建过硬的革命队伍。人民更加凝聚,向着第二个百年奋斗目标,向着中华民族伟大复兴的目标迈进。

浣溪沙·八十初见孙

　　太公八十文王请，殷老八十初见孙。人间自有真情在。

　　无缘不进一家门，数十坚守如一日，终来金童玉女人。

【题解】

　　姜太公八十多岁了才被文王邀请出山，我们村庄上有一个殷姓老人八十多岁才初次见到孙子。真是时代好，八十多岁的人还能见上孙子，三生有幸。人间自有真情在，无缘不进一家门？老人数十年如一日地坚守，终于等来了金童玉女，但愿老人能够福寿双增，全家美满幸福。

临江仙·上海

一弯新月上海，千年古城新辉。东方明珠耸亚非。黄浦滔滔浪，风雨几亡危。

不负使命担国柱，民族气节丰碑，"一带一路"领先队，大国雄风日，尽普惠人类。

【题解】

上海是历史悠久的国际大都市，如今建设得更加绚丽多彩。东方明珠位列亚洲第一塔，雄伟壮观。黄浦江的水自古奔流不息，滔滔不绝，经历着多少风雨，多少危亡。

不管面对多大的惊涛骇浪，始终是永不屈服、永不褪色的民族气节丰碑，引领"一带一路"高质量发展，为促进世界的和平做出自己应有的贡献。

蝶恋花·西湖

　　晓风刚拉湖上慢。早有游人。涌满碧波岸,千衣歌舞双翩翩,潮声沸声对和弹。

　　高阳弧斜云霄汉。照野新鸿,天堂秋千万。一朝夜幕总关情,明月西子远山含。

【题解】

　　中国一大美景——杭州湾西湖,我特意去得很早,可早有游人围满了碧波岸。来自世界各地的游人千色服装,人头攒动,目不暇接。湖里的浪涛声和岸上游人的说笑声交汇成一体。深秋的季节,天堂万山红遍。高高的太阳沿着美丽的弧线向西慢慢倾斜,太阳快要下山了,可想而知,一轮美丽的明月倒影在了西子湖上。多重景致,多好看啊!

忆江南·昆山

　　昆山好，风景首亭林，并蒂莲花红胜火，雪域琼花映天蓝，能不忆江南。

　　三光电，经济卷巨澜，科技兴起百强县，产品走向五洋环，更有捷报传。

【题解】

　　稳居全国"第一方阵"的昆山经济技术开发区，亭林公园的特别景物吸引着八方游客，拥有面积世界最大的并蒂莲花集中养殖基地，夏季花开放的时候，红胜火。雪域琼花春天开放的时候，开得像堆雪一样映入蓝天，哪个人不想看呢？龙腾光电、友达光电、国显光电三大核心项目，建立起江苏第一个光电产业园，更是凭借着科技和百万人民的努力，撑起了百强县，产品走向世界，在国际上享有一席之地。

长相思·寒山寺

前行行，后行行，奔向寒山赏胜名，威震四海人。左亭亭，右亭亭，六朝古寺天下赢，姑苏枫桥新。

【题解】

唐代诗人张继途经寒山寺而创作的《枫桥夜泊》名震四海，世世代代前来欣赏名胜古迹的男男女女，人山人海，从而也带动了当地的经济发展，如今的六朝古寺夺目生辉，姑苏枫桥的景象日新月异。

清平乐·二乡

　　水岸金街，合肥古城外，瑶海万达广场里，新天新地新彩。

　　牧野鹰扬南望，朝阳红遍东方，中部崛起省会，二乡巾帼安祥。

【题解】

　　万达广场水岸金街，是瑶海推出的新作品，这里是全新打造的居住楼宇。居住在写字楼里的人们是多么温馨，向阳南望，碧野鹰扬，朝阳红遍东方。这里是中部崛起的省会，居住在单身公寓里的男女青年，一定要幸福，安乐吉祥。

浪淘沙·花亭湖

　　快浪棹轻舟，疾上潮头，花亭湖一派金秋，郯郯红叶东风里，天蓝水绿。

　　大坝巍巍扣，雄关要口，迎接天下慕客流，万里长江人文处，三元古丘。

【题解】

　　花亭湖是一九五八年开始兴建的能灌溉三个县的国家重大水利项目。大坝的基础就有五里，改革开放后国家将其设为旅游景区。这里湖光山色，风景独特，金秋时节，万山郯郯红叶，倒影在碧波里，波光闪闪，多重景色，似动非动。大坝高得像扇门一样，锁住万川河流，地处长江北岸，是历史上三名状元的故里。

卜算子·太湖风光

一叶扁舟行，桨过碧水乱，粼粼红叶万山开，金秋碧波岸。

哺山忽阳斜，乳水不忍返。千里美景云中散，蓝天仍梦染。

【题解】

我们坐着小汽艇由北面的家向很南的远方行驶，小汽艇在平静的湖面上划过一道深深的沟，很久才能合上。那粼粼的万山红叶开满金秋的花亭湖两岸。太阳逐渐西下，曾经哺乳过我们的山、哺乳过我们的水，一时不忍心离去。走着，走着，身后的千里美景在云天中不断消失，但蓝天仍在美好的记忆中。

行香子·三涉江南

　　合肥起程，高铁流星，东湖清。碧波粼粼，白云高鉴，金秋临境。疾南京桥，驰镇江潮，奔苏州浪。

　　路路似画，道道如屏，江南天，橘绿年龄，橙黄时节，水云二乡，是步道长，乡音乱，古树青。

【题解】

　　我们第三次来到江南，但与前几次走的路线不同。这次我们是第一次坐高铁，从省会合肥出发，高铁的时速是相当快的，像流星一样，一会儿就过了南京长江大桥。东湖的浩瀚碧波，奔驰于镇江、苏州。每条道路都像画一样，每个城市都像银幕一样。江南的天，橘绿橙黄时节。现在居住的地方，风景更美，汇聚的人更多，古树更青。

一斛珠·锦溪

岁月如歌,三十六桥古镇坐。民间博物馆乡落。宋孝宗临,陈爱妃来过。

五保湖畔建水冢,凭吊风流人物多。古今情景一长河。走进锦溪,梦幻诗意阁。

【题解】

锦溪保留着诸多非物质文化遗产,三十六座桥坐落在古镇的五保湖上,这里的天然美景曾吸引宋孝宗、陈爱妃亲临,陈爱妃就在五保湖畔建立了水冢,后来凭吊陈爱妃的上层人物很多,古今的情景不逊于长河一样多。当你走进锦溪画廊,就像进入梦幻般的仙境一样。

一斛珠·千灯

历史幽梦。小桥流水人家浓。江南水乡物华丰。石板街上,千年人马拥。

南朝四百八十寺,多少楼台烟雨中。回望千灯,古今万花筒。

【题解】

千灯石板街是昆山市文物保护单位,当你来到千灯,就进入了历史气息浓厚的小桥流水人家的场景。江南水乡的物产极其华丽丰富。千年来石板街上不知走过了多少人马。"南朝四百八十寺,多少楼台烟雨中",千灯石板街就在其中。当你依依不舍地离开的时候,回望千灯石板街就像赏古今的万花筒一样,想看什么,就有什么。

一斛珠·周庄

四季周庄，中国第一美水乡，春夏采藕曲两巷，吴歌春调，船娘摇橹唱。

歌声甜糯轻悠扬，能把你甜倒醉漾。鱼米富甲，西子二天堂。

【题解】

周庄是昆山非物质文化遗产保留地之一。周庄享有"中国第一水乡"之美誉，春夏采藕的曲子两巷随处能听见，船娘唱着优美的歌声摇橹，歌声甜美、悠扬婉转，能把你甜倒。前来此地旅游，比游西湖差不了多少。

一斛珠·谢师词

　　辅师教诲。两个下午ABC，城管局里应试陪。朽木有幸，入列采集队。

　　四路八街好风吹。百强首县能作为。守护昆山风景美。满腔残血，余热献社会。

【题解】

　　我上半辈子生长在农村，下半辈子进入城市，要快速适应城市的生活节奏。先做了半年保安，后来听说城管局招人，就申请入职城管局，城管局分管公司领导安排辅导老师，辅导了我两个下午。接着辅导老师又带我去城管局里考试，考试及格，我一个六十多岁的人有幸加入了城管局的采集队伍，守护四路八街的安全，排除隐患。能在昆山有所作为，感谢辅导老师，让我能够发挥自己的光和热，服务社会。

忆江南·昆山高新区文体中心广场中秋夜景

中秋夜,赏月歌舞里,广场舞内几音箱。明月高灯照广场,能不沸声扬?

高新区,男男女女中,手勾手来臂又张,影子照上篱笆墙。记上时代账。

【题解】

中秋夜来昆山高新区文体中心广场跳舞赏月是每个附近居民的首选。广场内的几个音箱和广场上的明月高灯交相辉映,怎能不沸声扬呢?

高新区的广场上,对对男女手舞足蹈,有时候手勾起手来,有时双臂又张开,那么多人的影子,早已照上篱笆墙。记录了丰富多彩的物质文明、精神文明的美好时代账。

虞美人·回肠中

久慕江南琼花奇,蝶梦空相倚。盛世随春千里来,雪域浦江同遂。花正开。

花如人性春风诱,风流皆尽数。舞春杨柳又东风,应把踏至甘露回肠中。

【题解】

民间相传,隋炀帝修通运河,御驾江南亲赏琼花。改革开放,科技兴农,农村大部分剩余劳动力可以进城打工,我们三生有幸千里迢迢来到了雪域浦江琼花正开放的地方。琼花开放堆满枝头,形似堆雪,举世无双,年年春天吸引着四面八方的中外游客,将东风吹动琼花的舞姿载入记忆中。

虞美人·谁风流

春雨打向玉女树，望断琼花路。二度空相因忽疏。不知蓬莱深处美与羞。

一枝和泪随流水，寄情东风归。落薄空车虚此游，少了紫烟雪域谁风流。

【题解】

我们再次去欣赏玉树琼花，可惜来晚了一步，昨夜的春雨将满树琼花全部打落了一地，真是一时疏忽。也不知道蓬莱深处是否也要受到时间、季节的限制。既有盛开的一面，也有残败的一面，这样的扫兴也只能像流水一样无法挽回，也只好没趣地回去，满兴而来，败兴而归，看不到心目中的琼花景象，还有什么看头呢？

诉衷情·断人肠

　　明月高灯树下行，挽手几舞场。一别十年恨，繁星远山旁。
　　只记忆，好时光，易鬓霜。掩帘先敛，几杯醉晕，梦断人肠。

【题解】
　　我们一起在公园的明月高灯下行走、慢步已经有好几个月了，手挽着手去舞场跳舞的日子也不计其数。可是我们一别十多年了，只能看见天上繁星在遥远的天际，只能回忆之前的一段美好时光。如今自己也慢慢地变老了，也想不了、想不到曾经的人，只能关起门来喝上几杯，管它东南西北方。

忆江南·中秋

中秋月,月圆人团圆,赏月千两地,缺月天涯圆月还。问月何天年?

中秋夜,农家美酒坛,把酒言欢舞池看,照壁墙上影子残,诗兴涓涓潜。

【题解】

中秋夜,历来都是月圆万家团圆之夜,然而现在又有多少人背井离乡,多少户人家与家人分居两地呢?真正要解决两地居住的问题,都在城里买房子,问问月亮要等到哪一年呢?中秋月下,人们拿出农家自酿的美酒,一边喝酒,一边看向舞池。那落在壁墙上的错乱影子,使我的雅性有些躁动。

画堂春·守情

　　半生半代半双人。同饮一个水瓶。共言共语不共灯，天为谁春。

　　童子桐子易乞，不落不乐难奔。镇守人远不问津，为谁守情？

【题解】

　　我们都是六十多岁才进城，相聚在江南城市，异地相见的老乡就像亲人一样分外热情，我们虽不是一家人，却像一家人一样，几乎天天同饮一个热水瓶的水。我们每天在一起谈古论今，拉家常，就睡觉的几小时不在一块，也不知道老天是怎么安排的。小孩子摘树上的桐子很容易，小孩子打不落树上的桐子就不快乐。老乡的另一半已经走了好多年了，没人照顾她了，也不知道她到底怎么想的，为谁守情？

画堂春·禁果村

何时何种偶遇人。一见触目销魂。相聚相通不相亲。两难秋春。

手机视频易乞。解锁密码难奔。亚当夏娃禁果村。一颗肉心。

【题解】

不记得在何时何地遇到过那样一个人,能触目销魂。后来我们有机会天天能见面,双方的心灵也能相通,就是不能相亲。数十年两难秋春。用手机和她视频可以,要解锁的密码不可以,亚当和夏娃同住一个禁果村。人心都是肉长的,后来发生的事是难以掌控的。

画堂春·桃源村

一段坠入爱河人。抛下只影孤身。走遍天涯无处寻。十年秋春。

上山采药易乞。下河捕鱼难奔。相访陶公桃源村,世外长贫。

【题解】

我们曾经一度坠入爱河。如今抛下我一个人,我走遍附近好几个省也没有找到她,现在已经有十几年了。

如果要我上山采药的话是比较容易的,如果要我下河捕鱼的话,水性不好的人是有些难的。如果我还能找到她,就把她带到陶公的世外桃源过着与世长期隔绝的日子。

卜算子·东湖西湖

我居东湖头，君居西湖尾。自古两湖不相通，各饮各湖水。

此水几时穿，此情几时彼。只愿君心似我心，天涯没距离。

【题解】

我现在住在苏州东湖的头，可君住在杭州湾西湖的尾，自古好像两湖是不相通的，也只能各自饮用各湖里的水。也不知道此湖几时能够修穿，也不知道我们几时能在一起。只要我们的心能想到一块去，再远也能有办法解决，距离是不成问题的。

一斛珠·庆祝中国共产党百年华诞

建党百年。开创历史史无前。中国站起来宣言,首选温饱,百姓分地田。

建设家园钢铁炼。改革开放富国研。华夏复兴梦相连。一流强国,敢为世界先。

【题解】

中国共产党百年华诞,开创了史无前例的历史,经过二十八年艰苦卓绝的斗争,于1949年10月1日向世界宣告,中国人民站起来了。党的十一届三中全会提出把党和国家工作重心转移到经济建设上来。中国人民从站起来,富起来到强起来,再到实现中华民族伟大复兴,始终敢于领先世界。

一斛珠·抗美援朝

抗美援朝。保家卫国抗强豪，中华儿女不动摇。雄赳气昂，踏平鸭绿涛。

英雄流血建和桥。三八寸土炮火烧。历时三年美求调。载入世史，从此谁敢挑。

【题解】

中华人民共和国刚刚成立，美国把战火烧到了我国东北。我们的战士雄赳赳，气昂昂，跨过鸭绿江，入朝抗美援朝。经过三年不屈不挠、舍生忘死、保卫和平的战斗，三八线上炮火连天，最终以美国为首的"联合国军"要求停战协调。这一战争已经载入世界史册，从此看谁胆敢来挑衅。

鬓云松令·沙家浜

沙家浜,古道场。军民团结,与敌勇较量。周旋留取好养伤。蓄时待命,一段佳时光。

开茶馆,摆茶坊,巾帼一线,阵营露锋芒。为着全国都解放。曾经岁月,宝典久传唱。

【题解】

沙家浜是革命样板戏《沙家浜》的拍摄场地,当时隐藏在敌人后方的一支伤病员队伍,为了争取更多的养伤时间,地下共产党员阿庆嫂开茶馆,机智巧妙地与胡司令勇敢周旋,在敌军阵营里崭露锋芒。

为了蓄势待命,为着全国人民得解放。曾经的岁月啊,成了我们宝贵的精神财富,要永远传唱。

桂殿秋·相逢

一杯酒,几口干。风烛残年聚昆山,眼见一走与谁与,萍水相逢各自寒。

春夏里,秋冬天。三天两头不离间,往后相见不曾说,相聚容易相散难。

【题解】

风烛残年,我们一起相聚在昆山,在这里生活、工作过的朋友,如今马上就要走了。我们相约在某个餐馆里吃上一顿饭,喝上几口酒。我们曾经无话不谈,有事情相互帮忙,闲暇的时候在一起歇息,相互倾诉,相互安慰,相互支持,相互鼓励。如果人家真的走了,今后有话与谁说去。这一走我们又回到了原来的各自领域。

菩萨蛮·天台女

　　杭州湾闭天台女，千年未听"西子"语。抛别那时光，还有绣衣香。

　　风吹罗襟动，惊飞银屏梦。一步一轻盈，媚态无限情。

【题解】

　　从前曾在一个村庄里生活了几十年的人家，现在忽然各奔东西。听说人家现在住在杭州，虽然分别的时间不算太长，却好像一千年也没有听到人家讲话的声音。分别的这段时间里，曾擦肩而过的衣服还是香的，感觉风吹过的罗襟还在摆动，惊碎了银屏梦，一步一轻盈的身姿，媚态间传递着无限的情意。

菩萨蛮·河雾

月落乌啼满河雾。顷刻好向伊人去。人说不应该,狼狈不着鞋。

多待出来难,速则可安全。此时不宜留,不走可没路。

【题解】

晓风晨起,月落乌啼,满河河雾,觉得是探视人家的最佳时机,但人家看见急不可耐、鞋也不穿的狼狈样子很是生气。也不考虑是不是该来的时候,硬是要出来。不要让问题发展到不可收拾的局面。

忆秦娥·世界祥和

建强国。飞上九天太空月,太空月。建空间站,地球接吻。

潜入深海久捉鳖。一流军队领头列,领头列。全新科技,世界祥和。

【题解】

我国已经成为世界一流强国。飞上九天,在太空上建设了空间站,服务人类社会。潜入万米深海,探索海底宝藏。我们将建立世界一流军队,用发达的科学技术促进人类发展、维护世界和平。

浣溪沙·小庄

　　四十蝴蝶小庄在，四十蝴蝶小庄外，小庄内外有蝴蝶。

　　蝴蝶飞去小庄在。真情不在朝朝暮，初始红唇胜万年。

【题解】

　　四十年前，我们儿时一起玩耍的小伙伴像小蝴蝶一样还在小村庄飞来飞去。四十年后，我们儿时一起玩耍的小伙伴像蝴蝶一样飞出小村庄外。这样一来小村庄内外都有蝴蝶，即使蝴蝶飞走了，小村庄还在呢。真情不在于朝朝暮暮，我们曾经拥有的孩提美好时光，不逊于一生相守、一生的陪伴。

醉花阴·立足

怀抱梧桐没前奏。背起林间宿。岁岁又重阳,田园牧歌,香汗都渗透。

把酒文学黄昏后,有传统蜡烛。孜孜不消停。忙趁春风,东山再立足。

【题解】

每个人在青少年时代都有过自己的梦想,只不过每个人的机遇不同。我曾经也有自己的梦想:学好服务社会的本领,报效祖国。可惜那个时代教育资源少,由于历史问题,没法挤上车,于是在农村一干就是一辈子。一年又一年的田园牧歌,一年又一年的重复劳作。到了退居二线的年龄,试着重新拾起曾经的梦想,在传统文学领域孜孜不倦地争取方寸天地,趁着身体还行发挥自己的光和热。

忆秦娥·娄山关

一改革,民工大潮进城沸。进城沸。总值①第一,总量②第二。

雄风大国红旗烈。而今国强不是说,不是说。"蛟龙"探底,神舟登月。

【题解】

一九七八年十二月十八日至二十二日,党的十一届三中全会举行,作出了实行改革开放的伟大决策,把党和国家的工作重心转移到经济建设上来,大量的农民拥入城市。经过几十年的努力,终于取得了制造业增加值世界第一、经济总量世界第二的成绩。正是由于革命战争年代先烈的奋战,如今在国际上才能拥有话语权,"蛟龙"探海底、神舟登月已不再是梦。

---

①总值指制造业增加值。
②总量指经济总量。

南柯子·一起

　　水口两里远。刘家三枝花，茶场一面好芳华，朦胧年少窦下。春初发。
　　改革开放月。祖国这么大。浦江畔岸又邻家。带带孙子带娃，一起呀！

【题解】
　　刘家水口离我们老家粟树坳只有两里地，刘家有三个好姑娘。当时的人民公社在刘家水口附近的放牛坪开发茶场，在兴建茶场的时候，我们就见过面。当时她很漂亮，挺喜欢她，几年后她嫁到了我的隔壁，成了我的邻居。
　　改革开放后，我们的下一代，都在江苏昆山不约而同地安了新家。我们在外面又是邻居，又在一起。

采桑子·十年隔

十年相隔九重天。芳容不见、芳容不见，昨夜梦里好淑贤。

曾经相遇不相识。心中挂念、心中挂念，再不乘舟误时年。

【题解】

曾经在一起工作过的小妹现在已经十年不见了，想要见上一面，真的好难。昨夜梦里见到的小妹依然是那样淡妆粉黛、楚楚动人的样子。我们也许在某段时间，在某个地点不经意间遇到过，但又不能确定，心中甚是挂念，心中不能平静，不要再等了，赶紧去找吧。再不去找，再等个十年二十年，恐怕即使找到了，再也认不出来了。

忆王孙·小菊

　　暗恋小菊长发香,伴随天涯泊苏杭。几载东风,几载霜。仍如常,莫让香发受害伤。

【题解】

　　隔壁的小菊姑娘,飘飘的长发甚是可爱,由于自身没有什么成就,也不敢向其表白,一直暗暗喜欢,心中装着她的身影,装着她的香发。伴着民工潮来到了苏杭,经过几个酷暑、几个寒秋,仍不能忘怀,唯一能做的就是祈祷她一切如常,好的身姿、好的香发不受到一丁点儿伤害。

咏梅

梅、梅、梅,芳尽唤春回。
出师悄悄雪,凯旋听惊雷。

天下第一对

唐代女诗人薛涛游四川成都时曾出一上联:望江楼,望江流。望江楼上望江流。江楼千古,江流千古。

作者下联:
赏月圆,赏月团。赏月圆下赏月团。
月圆万年,月团万年。

宋代王安石送苏东坡离京时曾出一上联：

七里山塘，行到半塘三里半。

作者下联：

一载春秋，月圆中秋八月中。